KB075008

아래층에 부커상 수상자가 산다

A Career in Books

아래층에 부커상 수상자가 산다

A Career in BookS

케이트 가비노 지음 · 이은선 옮김

윌북

추천사

오랜만에 책장이 넘어가는 것이 아쉬운 책을 만났다. 뉴욕대 영문과를 갓 졸업한 세 여성이 작가, 편집자 등 책과 관련된 커리어를 쌓기 위해 달려가는 여정을 그린 이 책은 뉴욕에서 청춘을 보낸다는 것은 어떤 것인가의 총체이자, 일종의 '뉴욕 찬가'다. 방세를 아끼려 브루클린의 셰어 하우스에 모여 살고, 월급만으론 생활비를 감당하기 힘들어 식당 서빙을 하면서도 주인공들이 뉴욕을 떠나지 않고 꿋꿋이 버티는 건 아래층에 사는 90대 할머니 베로니카가 알고 보니 부커상 수상 작가라든가 하는 문화적 경험이 가득하기 때문이다.

두 가지 측면에서 주인공들과 동질감을 느꼈다. 하나는 생면부지의 여성 넷이서 복닥대며 한 집을 썼던 나의 뉴욕 체류 경험. "뉴욕은 내 집이에요. 여기에서는 살아 있다는 것이 자연스럽게, 가끔은 즐겁게 느껴지거든요"라는 베로니카의 말에 밑줄을 그은 것은, 고단하면서도 풍요로웠던 내 뉴욕 시절이 응축되어 있기 때문이다. 또 하나는 사회 초년생 시절의 나. 나 역시 주인공들처럼 오래 방황했다. 내가 특별한 존재가 아니라 평범한 월급쟁이라는 사실을 인정하는 데 꽤 많은 시간이 걸렸다. "우리 모두 주석, 아니 주석의 주석이 될 운명이라 한들 어떤가요? 나는 지금도 날마다 글을 써요"라는 베로니카의 말이 과거의 나를 위한 격려로도 여겨졌다.

그리하여 이 책을 권한다. 뉴욕을 사랑하고, 또 사랑하게 될 모든 이들, 그리고 갓 사회에 발을 내디딘 모든 '신입'들에게.

곽아람 조선일보 출판팀장, 『나의 뉴욕 수업』 저자 정말 신기하다. 읽기도 전에 '내가 좋아할 것 같은 이야기'라는 예감이 강렬하게 드는 작품은 역시나 어김없다. 나와 비슷한 생김새를 하고 있을 아시아계 뉴요커 청년들의 친근한 표정과 위트 있고 사랑스러운 대사가 가득한 책장을 넘기면 넘길수록 가슴이 기분 좋게 두근거렸다. 마지막 페이지를 덮고 나서는, 마음속에 동심원 모양의 조용한 파문이 인 것을 알아차릴 수 있었다.

크고 무서운 도시 속 작고 태없는 셋방에서 안간힘을 다해 살아가는 사회 초년생 니나, 실비아, 그리고 시린. 불안과 회의감의 먹구름, 차가운 자기혐오, 뜨거운 민망함, 걱정의 회오리가 두서없이 몰아치는 날 서로를 떠올릴 게 분명한 세 친구들의 삶과 우정, 일과 사랑에 빠져들지 않을 수 없었다. 동시에 응원하지 않을 수 없었다. 이야기 속에서 부커상 수상 작가로 등장하는 베로니카가 이 세 청년과 친구가 되면서 들려주는 이야기, 그리고 자신의 삶으로 보여주는 메시지가 분명 이 책을 읽는 독자들의 마음에도 따사롭고 잔잔한 울림을 줄 것이라고 생각한다.

장류진 『일의 기쁨과 슬픔』, 『연수』 저자

차례

맨 처음 취직이 된 사람은 니나였다.

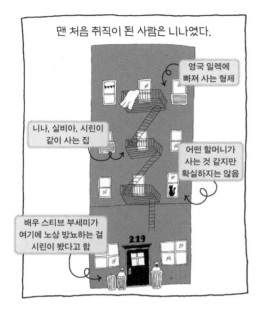

영국 일렉에 빠져 사는 형제

니나, 실비아, 시린이 같이 사는 집

어떤 할머니가 사는 것 같지만 확실하지는 않음

배우 스티브 부세미가 여기에 노상 방뇨하는 걸 시린이 봤다고 함

219

니나는 화려한 추천서와 정중한 감사 메일을 동원해 세 차례의 면접을 멋지게 통과했다.

"사랑은 있거나 없거나 둘 중 하나다."
―토니 모리슨

JUNE 2011

NY

3만 달러밖에 안 되는 연봉이었지만 니나는 이 집에서 창문도 없는 가장 작은 방을 썼기 때문에 월세로 500달러만 내면 됐다.

폴란드 이민자가 하던 구멍가게들이 세련된 와인 바나 유명 프랜차이즈 매장으로 바뀌어가고 있는 그린포인트에서 이 정도면 거저였다.

니나가 그럭저럭 먹고살 수 있었던 가장 큰 이유는 남자친구 타이시가 매달 250달러쯤 되는 학자금 대출 이자를 내준 덕분이었다.

최애 영화
〈아이언맨 2〉
최애 책
『생쥐와 인간』(?)
최애 밴드
오커빌 리버
최애 음식
치킨까스 카레

월요일 오전마다 부모님과 통화함.
병원 갈 때마다 부모님에게 알림.
니나가 자궁 내 피임 장치 시술을 받으러 갔을 때도 했음

첫 출근 전날 밤, 니나는 링크드인 프로필을 꼼꼼하게 업데이트했다.

니나 나카무라
편집 주간 어시스턴트,
레크먼북스
(러셀 서배스천 임프린트)
뉴욕주, 뉴욕 | 출판사

현재: 편집 주간 어시스턴트, 레크먼북스

이전: 편집부 인턴, 하이라이즈북스
홍보실 인턴, 캐니큘 오디오북스
편집부 인턴, 비크먼출판사

실비아와 시린은 취직까지 시간이 좀 더 걸렸지만 니나의 성공 덕분에 자신감을 얻었고, 어마어마한 학자금 대출을 안고 뉴욕대를 졸업한 이래 줄곧 입을 쩍 벌리고 있던 좌절감을 살짝 잠재울 수 있었다.

밝은 미래가 ⋯⋯내를 기다린다!

오전 7시 45분에 니나가 출근하면 남은 둘은 두세 시간 뒤에 일어나 거실에서 같이 노트북을 펼쳐놓고 일자리를 알아보기 시작했다.

뉴욕필름아카데미에는 뭐 새로운 소식 없어?

응. 변태 감독 개인 비서 자리 정도는 있을지도.

그러다 오후 3시쯤 되면 유튜브에서 여드름 짜는 영상을 보거나 크레이그리스트*에 실린 개인 광고를 같이 읽었다.

"⋯'데스 바이 오디오'에서 눈이 마주쳤던 분을 찾습니다. 줄리 델피를 닮은 그대. 내가 당신의 에단 호크가 될 수 있을까요?"

얘는 연애를 글로 배웠나 봐.

＊미국의 생활 정보 사이트

일주일 뒤에 실비아는 강가의 널찍한 아파트를 사무실로 쓰는 한 조그만 독립출판사에 면접을 보러 가게 됐다.

헤어샵 드라이
$45

제니퍼 메이어 귀걸이
$564

알렉산더 보티에 티셔츠
$350

로렌 스튜어트 목걸이
$1465

리처드 브렌던 주전자
$180

다이아몬드 골드 뱅글
$1950

로비에는 마크 로스코의 작품이 걸려 있었다. 대표는 피곤에 절어 있는 키 큰 백인으로 이름은 데브였고, 면접을 보러 온 실비아에게 디톡스 워터와 떡을 권했다.

데브를 소개해준 사람은 실비아에게 아이를 맡기는 부부였다. 그들도 몇 분 거리에 있는 레드 훅의 으리으리한 연립주택에서 살았다.

쓰레기가 나뒹굴고, 하수처리장의 악취가 은은히 풍기는 그린포인트와 비교하면 딴 세상 같았다.

면접은 좋아하는 책과 창작 수업에서 겪었던 끔찍한 에피소드를 세 시간 동안 두서없이 주거니 받거니 늘어놓는 형식이었다. 초봉은 놀랍게도 4만 3000달러였는데, 화수분 수준인 데브의 유산 덕분에 가능한 금액이었다.

…그렇게 해서 내 열여섯 번째 생일파티에 손님이 해럴드 핀터 한 명밖에 안 남은 거예요.

합격 통보와 함께 데브의 아파트를 나선 실비아는 슈퍼마켓에서 말리부와 오렌지주스를 한 병씩 샀다.

GOD BLESS DELI

나 취직됐다!

BREAKFAST • LUNCH • HOT & C[...]EE DELIVERY

ATM   COLD BEER

OPEN

Coffee

GOD BLESS

EBT   ATM

Marlboro

니나, 실비아, 시린은 집에서 자축 파티를 열었고, 취한 니나는 방치해뒀던 실비아의 링크드인 프로필을 업데이트해줬다. **"실비아 바티스타, 모두의 워너비, 핸섬출판사."**

♪<Maps> - 예 예 예스(2003)

그렇게 깜빡하고 있다 일주일이 지나고 나서야 실비아는 자기 프로필을 제대로 고쳤다.

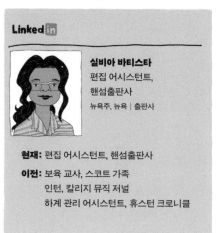

니나와 실비아가 매일 아침 출근하기 시작하자 시린은 잘 알지도 못하는 페이스북 친구에게 연락도 해보고 구인 구직 사이트를 여기저기 뒤져가며 몇 배 더 열심히 노력했다.

낮 동안 니나와 실비아와 채팅을 하며 회사가 어떤지도 물었다. 둘은 세 사람 모두 취직되기 전까지 자랑은 금물이라는 걸 알기에 시린에게 회사 얘기를 자세히 하진 않았다.

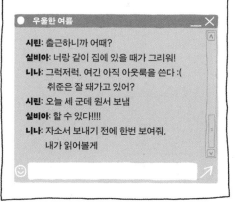

일자리를 찾는 동안 시린은 집에 갇혀 지냈다. 돈을 쓰기 무서워서 밖에 나갈 수가 없었다. 그러다 보니 사람이 그리워 벨을 잘못 누른 배달원에게 말을 거는 지경에 이르렀다.

…이래서 〈나 홀로 집에 2〉를 그렇게 명작이라고 하는구나.

어…주문하신 음식 왔는데요.

베로니카 보 씨가 시키신 거요.

아, 그분은 2층이에요.

시린은 결국 베로니카 보가 주문한 음식을 직접 가져다주었다.

2R

나갑니다.

어머, 리키가 아니네?

누군지 모르겠지만 우선 들어와요.

아래층에 사는 이웃을 처음으로 대면하게 된 순간이었다.

남들은 어떻게 사는지 전부터 궁금했던 시린은 차 한잔 같이하자는 말에 냉큼 들어갔다. 들어가서는 깔끔하기 그지없는 거실을 대놓고 훔쳐보았다.

베로니카는 92세였지만 나이보다 훨씬 젊어 보였다. 줄곧 10대처럼 보이다가 어느 날 갑자기 쪼그랑 노인이 되는 아시아인 특유의 노화 절벽을 잘 피한 것 같았다.

시린은 그날 해가 질 때까지 베로니카의 책꽂이를 구경하고 화분에 물을 주었다. 이것도 인맥 관리라 생각했다.

어떻게 낮에 집에 있어요?

일자리를 찾는 중이거든요. 혹시 소개해줄 만한 분 주변에 계세요?

아유, 내가 아는 사람들은 이미 오래전에 다 죽었지.

14

며칠 뒤에 시린은 구인 구직 사이트에서 2개월 전에 올라온 공고를 보았다. 마셀랭대학교 출판부라는 파리의 학술서 출판사의 소호 지사에서 편집 어시를 찾는다는 공고였다.

구인 공고　　　　　저장　　　지원

- **회사명** 마셀랭대학교 출판부
- **연봉 및 복지** 업계 평균 이상
- **채용 형태** 정직원
- **회사 위치** 뉴욕주, 뉴욕
- **자격 조건** 동양사 도서 목록 작성, 편집자 업무 지원,
  원고 검토 및 교정 작업이 가능한 자.

출판업계 지원을 희망하는 신입분들께 아주 좋은 기회입니다.
마셀랭대학교 출판부는 기회 균등과 차별 철폐를 지지합니다.

시린은 1차 면접 때 너무 긴장해서 근처 가구점에서 아침으로 먹은 걸 다 토했다.

어이, 등신처럼 이러지 말자.

너희 할아버지는 2차 세계대전도 나갔는데 너는 면접 하나 가지고 이래?

그렇게 정신을 바짝 차린 결과 세 번의 면접과 신원 조회를 통과하고 취업에 성공했다.

마셀랭대학교
- 출판부 -
시린 얌
편집팀

시린은 이제, 파리에 살면서 몇 주 간격으로 뉴욕에 오는 동양사 담당 편집자의 어시스턴트로 일하게 될 것이다.

하지만 연봉이 겨우 2만 8000달러였기 때문에, 이스트빌리지의 퓨전 레스토랑 '비빙카'에서 하는 주말 서빙 아르바이트를 그만둘 수는 없었다.

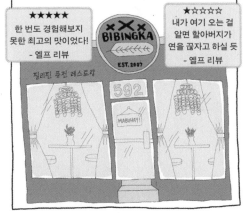

★★★★★
한 번도 경험해보지 못한 최고의 맛이었다!
- 엘프 리뷰

★☆☆☆☆
내가 여기 오는 걸 알면 할아버지가 연을 끊자고 하실 듯
- 엘프 리뷰

BIBINGKA
EST. 2007

필리핀 퓨전 레스토랑

셋 모두 취직한 기념으로 딤섬을 먹으러 갔다.

식당 조명이 어두침침해 얼굴이 빨개져도 티가 많이 안 날 것 같아 편하게 마음껏 마셨다.

건배! 건강보험과 사무실의 원활한 비품 수급을 위하여!

천하에 쓸모없는 우리 전공을 그나마 살릴 수 있게 해준 회사를 위하여!

대출 상환을 위하여!!

일이 벌써 지겨워져도 되는 거야? 택배 발송하고 ISBN 신청하는 일이 전부야.

꼭 참고 계약 기간 채워. 그리고 당당히 연봉이랑 승진 협상 해야지. 안 그러면 회사는 네가 단순 노동을 좋아하는 줄 알 거야.

나는 단순 노동도 상관없긴 해. 어차피 지금도 복사하고 망할 스테이플러만 박고 있는데 뭐.

(니나는 똑 부러지고 도도한 분위기와는 달리 밥을 지저분하게 먹는 편이었다. 시린과 실비아 눈에는 그것도 귀여웠는데, 아주 만족스러운 식사를 하고 난 뒤에 트림을 할 때면 특히 그랬다.)

그런 일 하기에는 네가 너무 아깝지!

얘 꼭 우리 엄마처럼 말하네.

정작 우리 엄마는 내 일이 꿀이래. 하루 종일 에어컨 나오는 사무실에 앉아서 돈 번다고.

열심히 하면 서른 전에 메인 편집자 달고 앤트로폴로지 쇼핑할 돈을 벌 수 있을지 몰라.

그것도 정가 코너에서!

뭐야, 완전 부르주아잖아?

그리고 버스, 지하철은 됐다 그래. 난 택시만 타고 다닐 거야.

마차도 괜찮겠는데?
말을 보면 우울해지긴 하겠지만.

연봉 3만 달러로
과연 가능할까?

걱정 마,
베이비.

(1학년 소설 창작 수업 때 서로를 징그럽게 '베이비'라고 부른 커플이 있었는데, 그들은 헤어졌지만 세 사람 사이에서 그 말은 심심하면 튀어나오는 입버릇으로 남았다.)

맥주 두 병 마시고
취하기야, 베이비?

들어와, 베이비.

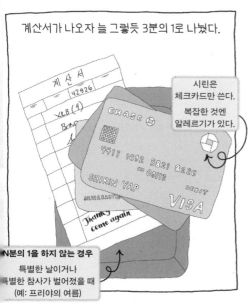

계산서가 나오자 늘 그렇듯 3분의 1로 나눴다.

시린은
체크카드만 쓴다.
복잡한 것엔
알레르기가 있다.

N분의 1을 하지 않는 경우
특별한 날이거나
특별한 참사가 벌어졌을 때
(예: 프리야의 여름)

그들은 서로 끌어안고 비틀거리며 아파트로 돌아와 각자의 방으로 들어갔다.

잘자아아!
모두 사랑해!!

시린, 내 카디건
위에다 토하지 마.

나만 이렇게 머리가
빙글빙글 도는 거야?

화장실 하나를 셋이서 쓰니 아침마다 전략을 잘 짜야 했다. 니나는 여유로운 목욕을 즐기고 싶다는 이유로 새벽 4시 45분에 알람을 맞춰놓았다.

♫<I Dreamed a Dream> - 수전 보일 (2009)

7시가 되면 시린과 실비아가 화장실에 같이 들어가 서로 티격태격했다.

니나와 시린은 같이 G라인을 타고 가다가 맨해튼 방면에서 서로 다른 노선으로 갈아탔다.

시린은 브로드웨이-라파예트역에서 내리자마자 이어폰을 끼고 정통 이모코어와 힙합 리믹스로 이루어진 플레이리스트를 틀어 음악에 심취했다.

니나는 브라이언트 공원까지 네 정거장을 더 가야 했다.

도착할 때까지 책을 읽었다. 대개는 우울한 프랑스 소설 아니면 몇 달에 한 번씩 다시 꺼내 읽는 『비밀의 계절』이었다.

게다가 막간을 이용해 대가족이 전부 모인 단체 채팅방에서 애기들 사진마다 '좋아요'를 누르고, 제대로 잘 챙겨 먹고 다닌다고 엄마를 안심시켜야 했다.

한편 실비아는 데브의 아파트까지 버스를 타고 한참 가는 동안 오디오북이나 팟캐스트를 들으며 핸드폰을 봤다.

원래는 긴 출퇴근 시간을 이용해 글을 쓰겠다 마음 먹었지만 이틀 만에 포기하고 〈마리 앙투아네트〉 사운드트랙을 들으며 감상에 젖는 편이 낫겠다는 결론을 내렸다.

실비아가 사무실(즉 데브의 아파트)에 거의 다 왔을 때, 회사에 도착해 자리에 앉은 니나와 시린이 보낸 첫 메시지가 도착했다.

● 우울한 여름 ___ ×

니나: 1층 스타벅스 직원들은 내가 뭘 주문하는지도 기억하더라. 으웩
시린: 좋겠다. 내가 가는 카페 직원은 내 눈 쳐다보지도 않던데
실비아: 그야 지난번에 네가 젖꼭지를 보여줘서 그렇지
시린: 내 잘못이 아니라 브라렛이 허접해서 그래. 맞다! 깜빡할 뻔했네 나 지난주에 아래층 사는 베로니카 보를 만났어
실비아: 헐 진짜 사람이 살고 있었어?

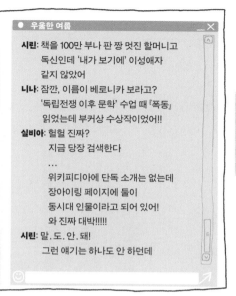

우울한 여름

시린: 책을 100만 부나 판 짱 멋진 할머니고 독신인데 '내가 보기에' 이성애자 같지 않았어
니나: 잠깐, 이름이 베로니카 보라고? '독립전쟁 이후 문학' 수업 때 『폭동』 읽었는데 부커상 수상작이었어!!
실비아: 헐헐 진짜? 지금 당장 검색한다
...
위키피디아에 단독 소개는 없는데 장아이링 페이지에 둘이 동시대 인물이라고 되어 있어! 와 진짜 대박!!!!!
시린: 말.도.안.돼! 그런 얘기는 하나도 안 하던데

실비아는 부커상 수상 직후 《파리 리뷰》에 실린 베로니카의 인터뷰 기사를 찾아서 친구들에게 보내주었다.

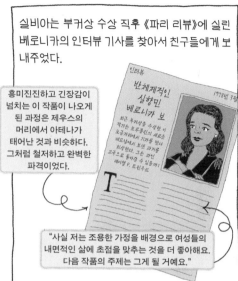

흥미진진하고 긴장감이 넘치는 이 작품이 나오게 된 과정은 제우스의 머리에서 아테나가 태어난 것과 비슷하다. 그처럼 철저하고 완벽한 파격이었다.

"사실 저는 조용한 가정을 배경으로 여성들의 내면적인 삶에 초점을 맞추는 것을 더 좋아해요. 다음 작품의 주제는 그게 될 거예요."

하노이에서 브루클린까지의 놀라운 여정과 첫 작품으로 문단을 뒤흔든 신인 작가에 관한 상세한 기사였다.

트루먼 카포티가 스튜디오 54*를 드나들던 전성기 시절에 추천사를 써주었다.

우울한 여름

니나: 근데 수십 년 동안 출간한 작품이 없네. 은퇴했나봄
시린: 직접 물어보자. 내가 다음 주에 저녁 초대했거든
실비아: 우리가 부커상 수상자한테 저녁을 대접한다고??
시린: 식당에서 포장해와야겠다
니나: 그런 대단한 분한테 엘 폴로 로코의 싸구려 부리토를 대접할 수는 없지. 타이시한테 수비드 부탁할게
실비아: 제대로 된 접시도 좀 사야겠어
시린: 좋은 생각!
으... 나 이제 가야겠다. 오늘은 상사가 사무실에 있음. 일하는 척해야지!

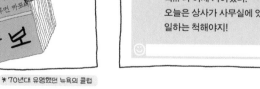

＊70년대 유명했던 뉴욕의 클럽

시린은 어느 정도 시간이 지난 다음에서야 상사를 실제로 만났다. 동료 어시들에게 수십 시간의 교육을 받은 뒤였다.

출근 첫날 시린은 뭔지 모를 워크플로우 그래프가 그려진 큼지막한 바인더와, 정치학 담당 어시가 말하길 "황당한 줄임말로 작성된 가슴 절절한 작품"이라는 200MB 크기의 PDF 파일을 받았다. TCRF(제목 변경 요청서), CIG(교열·색인 가이드라인)처럼 많이 쓰이는 300여 개의 줄임말을 설명하는 약칭 정리 파일이었다.

그리고 저자들이 보낸 대책 없는 이메일이 조금씩 날아들기 시작했다.

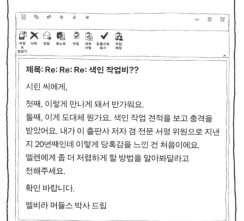

고맙게도 동료 직원들이 적극적으로 도와준 덕분에 상사인 엘렌 알렉상드르를 처음으로 대면했을 무렵 시린은 일이 제법 익숙해진 상태였다.

첫 만남에서 엘렌은 프랑스식으로 시린의 양쪽 뺨에 입을 맞췄다. 그전까지 두 사람은 화질이 안 좋은 스카이프로 면접을 본 게 전부였다. 면접 당시에 시린은 가지고 있는 옷 중 제일 괜찮은 제이크루 스웨터를, 아래에는 생리혈이 묻은 파자마를 입고 있었다.

드디어 만났네!

이렇게 어릴 수가! 내 손녀딸이래도 믿겠어!

아, 감사합니다.

엘렌이 둘이서 어떤 식으로 일할지 설명하는 동안 시린은 가볍게 걸친 그의 비즈니스 캐주얼 정장을 살펴보았다. 에르메스 스카프 가격이 시린의 한 달 월세쯤 되지 않을까 싶었다.

고급 살롱 드라이
€210

YSL 사첼 백
€2850

에르메스 스카프
€790

프링글 오브
스코틀랜드 점퍼
€617

롱샴 벨트
€135

유니클로 바지
€30

…그리고 우리 인쇄업체가 홍콩에 있으니까 출신을 보면 네가 완벽한 적임자야.

제… 출신이요?

아, 중국인 아니었어? 성 때문에 그런 줄 알았는데. 미안.

저는 필리핀 출신이에요.

이런, 미안해!

근데 뭐, 얍이 중국 성 같긴 하죠. 흔히들 하는 오해예요.

걱정 마세요, 괜찮아요

시린의 입에서 이 말이 나오는 순간 자신을 매섭게 나무라는 니나의 목소리가 들리는 듯했다. 니나는 "괜찮아요"야말로 알아서 기겠다는 궁극의 신호라고 했다.

그럼 중국어를 못 하겠네?

공포스러웠다. 월급은 금요일이 되어야 받을 수 있었고 비빙카에서는 직원 수를 줄일 거라는 메시지가 왔다.
시린은 그렇게 묻는 엘렌을 보며 애매하게 미소 짓고 어깨를 으쓱했다. 한동안 찜찜할 것 같았다.

잠시 후 시린은 자기 자리로 돌아갔다.

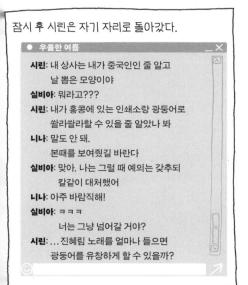

● 우울한 여름   _ X

시린: 내 상사는 내가 중국인인 줄 알고
날 뽑은 모양이야
실비아: 뭐라고???
시린: 내가 홍콩에 있는 인쇄소랑 광둥어로
쌀라쌀라할 수 있을 줄 알았나 봐
니나: 말도 안 돼.
본때를 보여줬길 바란다
실비아: 맞아. 나는 그럴 때 예의는 갖추되
칼같이 대처했어
니나: 아주 바람직해!
실비아: ㅋㅋㅋ
너는 그냥 넘어갈 거야?
시린: …진혜림 노래를 얼마나 들으면
광둥어를 유창하게 할 수 있을까?

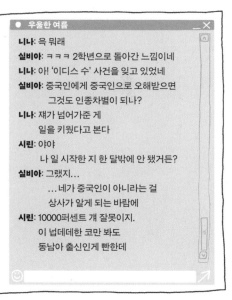

● 우울한 여름   _ X

니나: 윽 뭐래
실비아: ㅋㅋㅋ 2학년으로 돌아간 느낌이네
니나: 아! '이디스 수' 사건을 잊고 있었네
실비아: 중국인에게 중국인으로 오해받으면
그것도 인종차별이 되나?
니나: 쟤가 넘어가준 게
일을 키웠다고 본다
시린: 야야
나 일 시작한 지 한 달밖에 안 됐거든?
실비아: 그랬지…
…네가 중국인이 아니라는 걸
상사가 알게 되는 바람에
시린: 10000퍼센트 걔 잘못이지.
이 넙데데한 코만 봐도
동남아 출신인게 빤한데

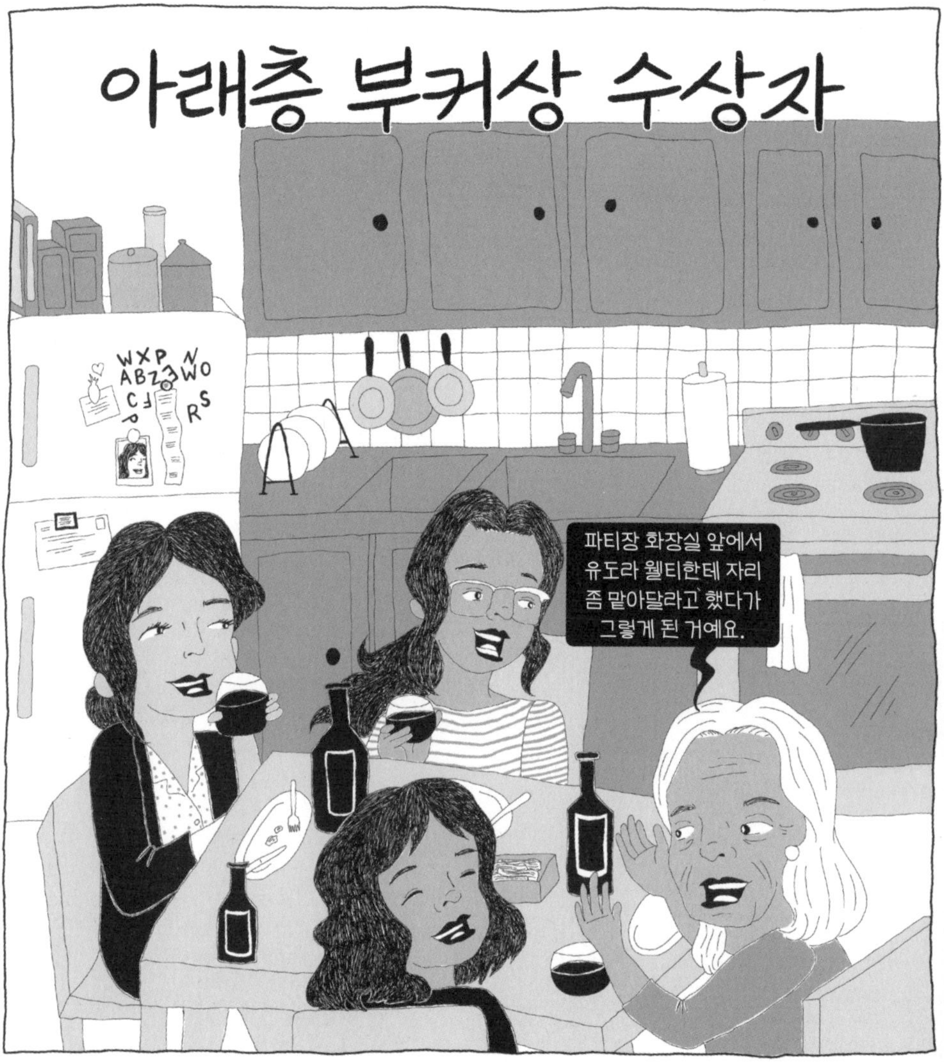
아래층 부커상 수상자
파티장 화장실 앞에서 유도라 웰티한테 자리 좀 맡아달라고 했다가 그렇게 된 거예요.

베로니카와의 저녁 약속 날이 다가오자 그들은 인터넷을 샅샅이 뒤져 베로니카의 이력을 검색했다.

작가 베로니카 보의 구글 검색 결과는 고작 4페이지인데 칼라바사스의 성형외과 의사 베로니카 보는 100페이지가 넘는다.

놀랍게도 베로니카가 출간한 소설은 무려 17편이었다.

대표작 『폭동』은 아직도 중고 매장에서 간간이 보였지만 다른 작품은 찾기가 쉽지 않았다.

실비아는 맨해튼 애비뉴의 곰팡내 나는 중고품 매장을 열심히 뒤진 끝에 노다지처럼 묻혀 있던 베로니카의 빛바랜 문고판을 발견했다.

THE THING
Second Hand Shop

대박!

『폭동』이 프랑스령 인도차이나에서 반란을 일으킨 비운의 군인을 다룬 정치 스릴러였다면 다른 작품들은 분위기가 달랐고 가정사에 좀 더 초점이 맞춰져 있었다.

남편의 사생아를 키우게 된 어느 불운한 아내의 이야기

어머니의 혼령과 함께 지하철 터널을 걷는 한 비서의 이야기를 다룬 환상 소설

하노이에서 날아온 사촌과 일주일 동안 동거하게 된 뉴욕의 발레리나 이야기

목요일 저녁이 되자 일주일 동안 수집한 베로니카의 정보가 넘쳐났다.

집을 아주 깔끔하게 치웠네요.

애피타이저부터 먹어요!

두 분이 실비아, 니나군요?

샤토 오 세코트 $42

마트 와인 $6

와인이 서서히 바닥을 드러낼 무렵, 실비아가 드디어 덕후 모드로 돌입했다.

선생님 책 읽었어요. 너무너무 좋아요.

아, 『폭동』 읽었어요?

네, 『타임 레이즈드』랑 『다이애나』를 비롯한 다른 작품들도요.

그걸 다 어떻게 찾았어요? 절판된 지 한참 됐을 텐데.

보물찾기 하듯이 중고 매장에서 찾았어요.

다도茶道나 조상 타령 안 하는 아시아 여성 주인공을 드디어 만났다니까요.

선생님 책들이 절판됐다니 믿기지가 않아요.

재미있고 독특했어요. 프랑스살이를 갈망하는 서글픈 여주인공들이 심금을 울렸어요.

MAT

첫 책이 제법 잘되니까 이제 내가 관심 있는 주제를 쓸 수 있겠다 싶었어요.

뭐, 그래서 절판이 됐겠죠.

베트남에서 벌어진 일에 별로 관심이 없어서가 아니라 어쨌든 나는 브루클린에서 사는 작가로서 반란군보다는 의기소침한 비서나 주부와 더 공통점이 많았으니까.

"내 담당 편집자 폴라는 소중한 친구였어요. 투고 원고 뭉치 속에서 나를 발굴했고 부커상의 영광이 사라진 한참 뒤에도 내 작품을 계속 내줬거든요."

"폴라의 은퇴와 함께 하나뿐이던 내 편이 사라졌죠. 힘을 실어주던 그가 없으니 아무도 내 작품에 관심을 보이지 않아서 책은 결국 절판이 됐고 나도 그냥 내버려뒀어요."

말도 안 돼요! 영미 문학 주요 작품 리스트에 선생님 작품이 있을 텐데.

주석에나 겨우 있겠죠.

저는 주석만 돼도 감지덕지겠어요.

주석의 주석이 될 운명이라 한들 어떤가요? 나는 지금도 날마다 글을 써요.

신작을 낼 계획이세요?

그건 아니지만 아직 정신이 멀쩡하고 뭐라도 하면서 시간을 때워야 하니까요.

어떤 작품을 쓰고 계신지… 혹시 보여주실 수 있나요?

나한테 술을 더 먹여야겠는데요?

저도 선생님 연세 때까지 글을 쓰고 싶어요.

선생님 연세가 그렇게 많다는 뜻은 아니고요, 쓰기 위해 쓰신다는 게 정말 멋져요.

사실 글쓰기 자체를 즐기기가 쉽지 않죠. 그 열정을 영원히 간직하기 바라요.

어우, 시끄러워, 시린….

실비아 엄청 소질 있어요. 언젠가 대단한 작품을 선보일걸요. 유명 배우들이 나오는 독립영화로 각색될 거예요.

말의 힘을 믿어봐요.
작가라면 특히 그래야죠.

관심이 집중되니 불편해진 실비아는 시린이 화제를 바꾸자 안도의 한숨을 내쉬었다.

와인을 반 병 더 비웠을 때 세 사람의 만류에도 베로니카는 이제 그만 일어나야겠다고 했다.

이 와인은 그래도 다 마셔야 돼요.

제 상사가 작가에게 선물 받은 걸 저한테 넘겼어요. 자기는 루아르 와인이 아니면 안 마신대요.

커클랜드 프로세코
$27

오늘 즐거웠어요!

다음번에는 우리 집으로 와요.

시린, 나 집까지 바래다줄래요?

네, 가요.

그나저나 선생님께서는 여기서 사신 지 얼마나 되셨어요?

브루클린에 온 뒤로 쭉 살았으니 30년이 넘었죠.

하지만 이웃사촌과 저녁을 먹은 건 이번이 처음이에요.

이렇게 즐거울 줄이야.

어시스턴트 세계의 제왕

니나는 레크먼출판사 임프린트에서 수상 경력이 화려한 유명한 편집주간 캐럴린 캐스터의 어시로 일했다.

고급 살롱 커트
$87

니트로 라테
$6

메이드웰 토트백
$150

앤 테일러 정장 바지
$180

제이크루 펌프스
$120

캐럴린은 알록달록한 옷과 폭풍 포스트잇 공격으로 니나에게 위압감을 안기는 놀라운 능력이 있었다.

매일 아침 출근하면 그날 가장 중요한 지시 사항이 적힌 포스트잇이 니나의 컴퓨터에 덕지덕지 붙어 있었다. 여러 회의를 마치고 점심을 먹고 오면 포스트잇은 또 몇 배로 늘어나 있었다. 캐럴린이 포스트잇을 붙이는 걸 직접 본 적은 없지만 동글동글한 필기체는 누가 봐도 그의 것이었다.

니나는 세 가지 방면에서 실력을 발휘하며 회사에서 인정받았다.

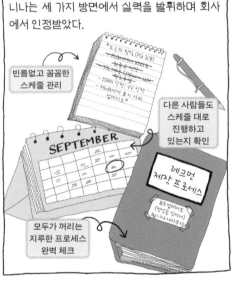

빈틈없고 꼼꼼한 스케줄 관리

다른 사람들도 스케줄 대로 진행하고 있는지 확인

모두가 꺼리는 지루한 프로세스 완벽 체크

니나가 일하는 층에는 각 편집자에게 배정된 어시가 총 7명 있었다. 니나는 편집주간의 어시이다 보니 자연스럽게 그 그룹의 리더가 되었다.

니나, 네 덕분에 살았어!

내 할 일을 한 건데 뭐.

니나의 일은 제작부터 편집에 이르기까지 모든 업무를 아울렀고, 다른 어시들도 신입인 니나의 가이드에 따랐다. 니나는 왕관의 무게를 견디며 정기적으로 금요일 점심 회식을 잡았고 생일을 맞은 동료가 있으면 이메일을 돌려 파티를 준비하기도 했다.

그러면서도 쓸데없는 요청이나 마감을 맞추지 못한 핑계에 단호히 대응하며 무시무시한 용처럼 캐럴린을 보호하는 역할까지 도맡았다.

오늘은 막판에 일 맡기지 말아요, 조르조.

주간님이 원고랍시고 들고 온 이 한심한 쓰레기 좀 보라고요!

캐럴린 캐스터 편집주간

원하는 대로 다 되면 그게 회사인가요.

니나의 전임자는 캐럴린의 어시로 4년 동안 근무했다. 4년이라니 충격적이었다.

…내가 만약 2년 뒤에도 CC의 어시로 일하고 있으면 로스쿨에 들어가거나… 타이시와 결혼한다. — 하하하!

어렸을 때 『탐정 해리엇』을 읽은 뒤로 여태까지 쭉 일기를 쓰고 있다.

요즘은 주로 커리어와 주부로 전락하는 것에 관한 두려운 감정을 기록한다.

캐럴린은 퇴근 준비를 하며 니나와 짧은 미팅을 했는데 니나는 이 시간을 손꼽아 기다렸다. 퇴근 직전의 캐럴린은 출근 직후의 그 딱딱거리는 캐럴린과 다르게 느긋하고 수다를 좋아했다.

오전 9시의 캐럴린

오후 6시의 캐럴린

이 졸린 나무늘보 영상 좀 봐!

짧게 대답할 때: 안 돼.
길게 대답할 때: 절대 안 돼.

분위기가 바뀌는 틈을 타 니나는 출판업계의 내부 정보를 입수할 수 있었다.

주간님, 베로니카 보 작품 읽어보셨어요?

베로니카 보? 어째 익숙한데.

1970년대에 데뷔작으로 부커상을 받았어요. 『폭동』이라는 작품으로요.

읽어본 적은 없지만 이름은 들어봤어. 페리의 지인 중 한 명이었던 것 같아.

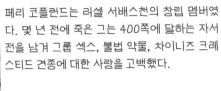

페리 코플런드는 러셀 서배스천의 창립 멤버였다. 몇 년 전에 죽은 그는 400쪽에 달하는 자서전을 남겨 그룹 섹스, 불법 약물, 차이니즈 크레스티드 견종에 대한 사랑을 고백했다.

그가 키웠던 강아지 바쇼는 22년이라는 전무후무한 수명을 자랑했고 사무실의 어느 캐비닛에 유골이 보관되어 있다.

데뷔작만 인기를 얻긴 했지만 작품들이 모두 훌륭해요.

전부 절판됐는데 재출간해도 괜찮을 듯해서요.

표지 바꾸고 젊은 작가 서문 실어서.

흐으음…

캐럴린의 마음이 이미 사무실에서 떠난 걸 눈치 챈 니나는 더 이상 밀어붙이지 않았다.

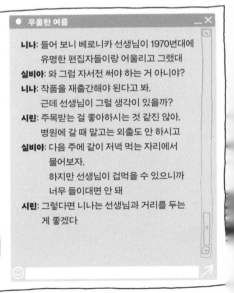

● 우울한 여름

니나: 들어 보니 베로니카 선생님이 1970년대에 유명한 편집자들이랑 어울리고 그랬대

실비아: 와 그럼 자서전 써야 하는 거 아니야?

니나: 작품을 재출간해야 된다고 봐.
근데 선생님이 그럴 생각이 있을까?

시린: 주목받는 걸 좋아하시는 것 같진 않아.
병원에 갈 때 말고는 외출도 안 하시고

실비아: 다음 주에 같이 저녁 먹는 자리에서 물어보자.
하지만 선생님이 겁먹을 수 있으니까 너무 들이대면 안 돼

시린: 그렇다면 니나는 선생님과 거리를 두는 게 좋겠다

34

솔직히 니나는 시린과 실비아 때문에 지칠 때가 자주 있었다.

짐작건대 부모가 자식들을 대할 때 이런 감정일 것 같았다. 넘치도록 사랑하고 아끼지만 일상적으로는 짜증과 좌절을 느끼는.

니나는 둘에게 이래라저래라 하고 싶지 않았지만 그들을 내버려둘 수도 없었다.

이제는 기억도 가물가물한 이들 관계의 시작에서 모든 것을 주도한 사람도 니나였다.

1학년 소설 창작 수업에 아시아인이 그들 셋밖에 없었다. 실비아는 그 수업을 열심히 들었지만 니나와 시린은 교양과목 학점을 채우기 위해 선택한 수업이었다.

처음 몇 주 동안은 셋 다 과하다 싶을 만큼 의도적으로 서로 눈을 맞추지 않았고 강의실에서도 일부러 끝과 끝에 앉았다. 하지만 니나는 호기심이 발동했다.

샌프란시스코 베이 에리어에서는 도처에 일본인은 물론이고 다른 아시아인들도 있었다. 그래서 학교나 우체국에서 동양인을 만나더라도 당장 연대감을 느끼진 않았다. 뉴욕도 마찬가지였다. 그들은 어디에나 늘 있었다.

하지만 다른 인종에 배타적인 영문과에 입학하고 보니 들어가는 수업마다 백인 천지였다.

니나는 수업 분위기를 장악할 수 있게 항상 맨 앞자리에 앉았다.

따라서 이건 그냥 보통의 인연이 아니었다. 죽이 잘 맞는 친구로 지낼 수 있을 듯한 징조였다.

I LOVE MYSELF When I Am Laughing...

누가 또 인생을 바꾼 마법의 버섯 이야기를 낭독하면 똑같이 얼굴을 찡그림

완벽한 독서 취향 앨리스 워커가 편집한 조라 닐 허스턴 작품집)

언뜻 보이는 재밌는 타투

이런 소소한 부분들로 성격과 취향이 비슷하다는 것도 알 수 있었다. 효도의 의미와 찰밥의 장점을 설명할 필요가 없는 건 보너스.

이들의 우정에 발동이 걸린 건 뉴욕공립도서관으로 견학을 갔을 때였다. 교수는 학생들이 리서치 카드를 발급받고 도서관의 여러 자산을 둘러볼 수 있도록 안내했다.

다른 학생들이 그랜드 로즈 열람실에서 시끄럽게 소곤거리는 동안 방광이 작은 시린, 실비아, 니나는 화장실에 갔다. 그리고 각자 칸 안으로 들어가 소리에 신경 쓰며 볼일을 보던 중, 니나가 불쑥 말을 걸었다.

초코바나 사탕 있는 사람?

한 명이 물을 내렸다. 또 한 명, 뒤이어 또 한 명이 물을 내렸다. 셋 모두 밖으로 나왔다.

피임약을 바꿨더니 식욕이 하늘을 찔러서.

나 킷캣 있어.

코리아타운에 있는 '우리집' 갈래?

아니면 포차!

아, 거기 오징어가 환장하기 딱 좋은 맛이지.

배고파 쓰러지겠어.

그들은 화장실에서 나와 니나가 초코바를 먹는 동안 기다렸다.

포차 가자.

그 집 오징어가 나를 부르네.

너랑 죽이 잘 맞을 줄 알았다니까.

지난주에 네가 쓴 단편 좋더라!

〈가십걸〉 주인공처럼 머리띠를 하고 다니는 니나가 혁명 이전 프랑스 배경으로 광란에 이어 참수로 끝나는 단편을 제출하자 모두가 놀랐었다.

내 말이! 잘린 머리가 데굴데굴 굴러 내려가는 장면에서 기절할 뻔!

고마워! 하지만 내가 읽거나 비평하는 것만큼 쓰는 걸 좋아하는지는 잘 모르겠어

나는 네 글 좋은데. 울프랑 올컷을 합쳐놓은 것 같아서.

그렇게 엄청난 칭찬은 처음 듣는다.

네가 우리 과에서 제일 잘 쓰잖아. 반응들이 어마어마하지 않아?

아니. 다들 중심 사건이 없어서 별로래.

사건 많던데! 내적 갈등이라는 단어를 다들 모르나 보다.

남들 하는 말 신경 쓰지 마.

그때, 경비가 와서 그들에게 비키라고 손짓했다. 유리 진열대에 기대고 서 있었던 것이다.

실례할게요, 여러분.

으악. 우리가 버지니아 울프 지팡이 앞에서 헛소리를 늘어놓고 있었네!

울프가 강에 몸을 던질 때 짚고 갔던 거 말이지?

응….

그들은 그 지팡이를 족히 10초 동안 바라보았다.

그러고 나서 점심을 먹으러 갔다. 모두의 달력에 수치로 남게 될 날이었다.

아무튼… 오징어?

오케이.

가자.

39

베로니카가 저녁 식사에 초대한다는 손 편지를
써서 그들 집 현관문에 붙여놓았다.

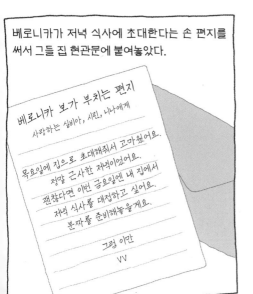

베로니카 보가 부치는 편지

사랑하는 실비아, 시린, 나나에게

목요일에 집으로 초대해줘서 고마웠어요.
정말 근사한 저녁이었어요.
괜찮다면 이번 금요일엔 내 집에서
저녁 식사를 대접하고 싶어요.
만두를 준비해놓을게요.

그럼 이만

VV

시린이 처음 그날처럼 베로니카의 배달 음식을
대신 받아 전해주며 직접 답을 전했다.

너무 좋아요!

그리고 저번처럼 베로니카의 집 안을 이리저리
둘러보았다. 이번엔 베로니카의 전집이 꽂힌 책
꽂이를 집중 공략했다.

『팬터그래프』를
계속 찾고 있었어요.

어디에도 없을
거예요. 한 100권쯤
팔렸거든. 그래도
내가 가장 아끼는
작품이에요.

아무리
찾아도
없더라고요.

베로니카 보
부커상 수상작가 작품

장편소설

팬터그래프

자수와 관련된
이야기인가요?

"그렇다고 볼 수 있죠. 우리 어머니가 침모라
내가 그 세상에서 살았거든요. 깊은 권태에
빠진 차이나타운의 봉제 공장 노동자를 다룬
작품이에요.
디테일한 것만
다를 뿐, 권태가
내 모든 작품의
주제라고 할 수
있어요."

그렇다면 제가 전문가죠.
저는 권태로 가득 찬
작품만 취급하거든요.

41

금요일이 되자 세 친구는 그 전 주에 베로니카를 초대했던 날처럼 기분 좋은 긴장을 느꼈다. 베로니카의 집을 처음 가본 니나와 실비아는 아무렇지 않은 척하면서 온 사방을 흘끗거렸다.

오 마이 갓. 저거 부커상 트로피야.

저 앞에서 셀카 찍어도 될까?

베로니카는 분짜와 시 브리즈 칵테일을 식탁에 예쁘게 차려놓았다.

보드카 버전 카프리 썬 같아!

선생님, 젊은 독자를 위해 작품 재출간하시는 거… 고민해보셨어요?

내가 결정할 문제가 아니지 않을까요?

대중들은 내 작품에 환호하지 않았어요.

그건 단지 제대로 된 출판사를 못 만나셨기 때문이에요!

작품은 스스로 진가를 입증해야죠. 투고 원고 뭉치 속에서 내 작품이 발견된 것처럼.

맞는 말씀이세요. 하지만 그걸로는 부족할 때도 있어요.

목소리 큰 사람들 사이에서 살아남으려면 우리처럼 조용한 사람들도 가끔은 나서야죠.

저는 아직 말단이지만 저희 출판사에 정식으로 제안하고 싶어요. 고전 전문 편집자에게요.

말은 정말 고맙지만 웬만한 사람들은 내 다른 작품은 시시하다고 생각할 거예요.

그 사람들이 멍청한 거죠.

어느 영국 출판사에서 베트남전 종전 30주년에 맞춰서 내 첫 작품을 재출간하고 싶다고 연락한 적이 있어요.

내 다른 작품들도 같이 출간한다면 생각해보겠다 답장을 보냈더니

묵묵부답이더라고요.

우리 브루클린 팬클럽의 생각은 달라요.

다정하기도 해라.

칵테일 더 마실래요?

화제가 다른 쪽으로 바뀌었지만 세 친구는 모두 같은 생각을 하고 있었다.

완벽하게 정리된 집과 바스라져가는 베로니카의 책이 가득 꽂힌 책꽂이를 보니 왠지 모르게 조급해졌다.

이렇게 똑똑하고 눈부신 사람도 제대로 인정받지 못한다면 그들에게 무슨 가능성이 있을까?

그렇다. 이 사람은 톰 울프다.
그렇다. 이 사람이 조지 플림턴의
애프터 파티에 베로니카를 초대했다.

어마어마하게 유능하고 **훌륭**하고 아름다운 여인이 이 아파트에 살고 있다고 당장이라도 세상에 알리고 싶었다. 정작 자기 삶에 만족한다는 베로니카와 달리 그들은 아쉬움이 컸다. 강요하고 싶지는 않았지만 베로니카를 생각하면 좌절감이 드는 건 어쩔 수 없었다.

베로니카에게 잘 자라는 인사를 하고 3층으로 올라간 그들은 각자 잘 준비를 하는 내내 2층에 사는 그 이웃을 떠올렸다.

실비아는 데브의 세상에 익숙해지기까지 몇 주 정도 걸렸다. 데브가 사는 세상은 최저가 기준인 실비아의 세상과 달랐다.

과카몰리 파티하자!! 엄청 싸게 팔길래 왕창 샀어!

아보카도⋯⋯ $108.2
8.33 LB @12.99/1b

실비아는 일에 필요해 페덱스를 쓸 때도 무조건 기본 배송을 선택했고, 출간 기념회 장소로는 힙 하지만 가격이 합리적인 바를 제안하곤 했다.

브루클린까지 걸어가면 택시비 12달러에 팁까지 아낄 수 있어.

도메인 계약 갱신할 때 할인 코드 쓰는 거 까먹지 말기⋯.

뉴저지에 사는 시린의 사촌한테 부탁하면 마가리타 기계를 렌트할 필요 없는데.

예산 한계 같은 건 없다는 얘기를 데브에게 듣기 전까지는.

익일 배송 선택하고 재비츠까지 택시 타고 가. 걱정할 필요 없어!

뭐든 회사 카드로 결제해.

아니⋯ 그래도 돼요?

물론이지!

핸섬출판사는 3년 전 창립 이후로 책을 1년에 2권 씩 출간하고 있었다.

"자본주의적 논조가 허술하긴 하나 실험적인 발상이 설득력 있다."
런던리뷰오브북스

"헐, 내가 뭘 읽은 거지?! 책을 냄비 받침으로 쓸 수 있으니 그나마 다행인가?"
굿리즈 리뷰 ★☆☆☆☆

모든 책은 두꺼운 고급지에 인쇄했고, 특수 효과 가 잔뜩 들어간 표지와 맞춤 케이스는 보너스였다.

책의 외형은 예술적이었다. 하지만 그 안에 들어 있는 내용에 대해서는 할 말이 없었다. 모든 책이 쓸데없이 생각만 많고 줄담배를 피우는 중년 남자가 두서없이 늘어놓는 난해한 엔트로피 아니면 현상학, 아니면 데리다 이야기였다. 그래도 회사 책이라 일단 뭐든 읽어보려 했지만 시도할 때마다 1학년 철학 입문 수업을 들었을 때처럼 눈꺼풀이 무거워졌다.

그래도 언젠가는 읽겠지, 훑어보기라도 하겠지 싶어 출간된 책을 한 권씩 집에 가져다놓기도 했지만 근사하고 두꺼운 그 벽돌 책들은 결국 샤워 후 화장실 환기용 창문 받침대로 쓰였다.

회사에서 오후 시간이 더디 갈 때면 세심하게 공들인 책장을 넘기며 표지에 아무 이미지나 갖다 붙인 베로니카의 허름한 문고본을 떠올렸다.

베로니카의 책도 맨 처음 출간됐을 때 이만한 애정과 관심을 받았다면 얼마나 좋았을까.

데브가 관심을 보이기만 하면 어떤 원고든 전폭적인 지원을 받을 수 있었다. 실비아는 그게 너무 불공평하다는 생각이 들었다.

내 치유사가 예멘의 염소치기를 소개하는 멋진 원고를 보내줬지 뭐야.

이 염소 농장에서 소박한 출간 기념회를 할까 하는데, 어떻게 생각해?

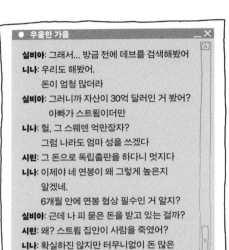

실비아: 그래서... 방금 전에 데브를 검색해봤어
니나: 우리도 해봤어.
　　　돈이 엄청 많더라
실비아: 그러니까 자산이 30억 달러인 거 봤어?
　　　아빠가 스트룀이더만
니나: 헐, 그 스웨덴 억만장자?
　　　그럼 나라도 엄마 성을 쓰겠다
시린: 그 돈으로 독립출판을 하다니 멋지다
니나: 이제야 네 연봉이 왜 그렇게 높은지
　　　알겠네.
　　　6개월 안에 연봉 협상 필수인 거 알지?
실비아: 근데 나 피 묻은 돈을 받고 있는 걸까?
시린: 왜? 스트룀 집안이 사람을 죽였어?
니나: 확실하진 않지만 터무니없이 돈 많은
　　　백인이 과거에 무슨 짓을 했을지 아무도
　　　모르지!

실비아는 스웨덴 출신의 억만장자 부모에게 받은 유산으로 유유자적 사는 데브에게 선입견이 생기는 동시에 불쌍하다는 생각도 들었다. 자기 가족을 선택할 수 없었던 건 데브도 실비아와 마찬가지였다.

남태평양의 섬을 매입해 대형 교회를 갖춘 리조트를 건설한 스트룀 가문

실비아에게는 여섯 남매와 수십 명의 이모, 고모, 삼촌, 사촌이 있었고 인생 대부분을 휴스턴과 마닐라에서 보냈다.

그래서 항상 대가족 속에 묻혀 지냈고 마음만 먹으면 언제든 투명인간으로 둔갑할 수 있었다.

뉴욕에 가서 문학 공부를 하기로 한 것이 실비아의 인생을 통틀어 가장 눈에 띄는 행동이었다. 멀리 떠나겠다는 말에 가족끼리는 붙어 지내야 한다며 원치 않는 조언이 쏟아졌다.

하지만 그런 조언들은 무시했다. 만약 고향에 남았다면 베로니카의 작품 속 주인공들처럼 절망과 권태 속에 살았을 것이다.

10대 시절 실비아가 생각한 뉴욕 대중문화의 표본

- 드라마 〈베이비시터 클럽〉
- 노래 〈New York, I Love You But You're Bringing Me Down〉
- 영화 〈구혼 작전〉
- 이디스 워튼 소설 『환락의 집』

드디어 식구들에게서 벗어났다는 사실에 기뻐하던 실비아였지만 니나와 시린을 만나니 어쩐지 안심이 됐다.

그들과는 왠지 모르게 편안했다. 셋이라 더 좋았다. 한 사람이 대화를 주도하거나 분위기를 이끌어 갈 필요가 없었고, 공백을 메우거나 간식을 들고 올 누군가가 항상 있었다.

가족 다음으로 친구에게 너무 의지하는 게 아닌가 싶을 때도 있었지만 고민하지 않기로 했다.

10:01 AM

메세지
우울한 가을
시린
오늘 저녁에 샤브샤브 먹을래? 배고파 배고파

메세지
바티스타 패밀리
티타 베이비
이번 주말에 만성절 기념 빙고 게임!!!!

누군가와 함께 있으면, 내가 부족하지 않은 인간임을 증명하지 않아도 될 것 같았다.

여럿일 때 안정감을 느끼는 것도 그런 이유에서였다.

불로소득과 과소비로 무장한 데브조차 실비아에겐 바쁜 일과와 화려한 행사를 선물해주는 존재였다. 실비아는 그게 필요했다. 쓸모 있는 사람이 되었다는 믿음을 주는 것.

메세지   1분 전
데브
총판이랑 미팅 잡아줘서 고마워. 자기는 구세주야!!!

49

세 친구는 주중엔 대개 비슷한 시각에 퇴근했다. 작고 좁은 집이라 냄새가 잘 빠지지 않아 저녁 메뉴는 만장일치로 정해야 했다.

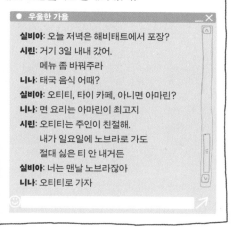

● 우울한 가을

실비아: 오늘 저녁은 해비태트에서 포장?
시린: 거기 3일 내내 갔어.
　　　메뉴 좀 바꿔주라
니나: 태국 음식 어때?
실비아: 오티티, 타이 카페, 아니면 아마린?
니나: 면 요리는 아마린이 최고지
시린: 오티티는 주인이 친절해.
　　　내가 일요일에 노브라로 가도
　　　절대 싫은 티 안 내거든
실비아: 너는 맨날 노브라잖아
니나: 오티티로 가자

집주인은 그들의 아파트를 '잘 꾸며진 복도'라고 광고했다. 셋은 집을 '복도'라고 불렀고, 우울한 날에는 '퀴퀴한 동굴'이라고 불렀다.

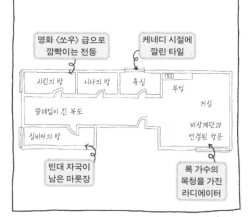

영화 〈쏘우〉 급으로 깜빡이는 전등

케네디 시절에 깔린 타일

시린의 방　니나의 방　욕실　부엌
쓸데없이 긴 복도　　　거실
실비아의 방　　　비상계단과 연결된 창문

빈대 자국이 남은 마룻장

록 가수의 목청을 가진 라디에이터

원래 니나의 노트북을 앞에 두고 소파에서 저녁을 먹는데, 그날은 베로니카를 초대했을 때처럼 식탁에서 먹었다. 타이시가 왔기 때문이다.

욕실에서 시나몬 향이 나네?

타이시가 저녁 먹으러 오나 봐?

딩동댕.

니나는 타이시와 만난 지 이제 3년이 됐다. 둘은 2학년 때 16세기 영문학 수업에서 만났다. 타이시는 교양과목 학점을 채우기 위해 신청한 과목이었다.

야! 오늘 저녁에 술판 차려놓고 〈앙투라지〉 마지막 회 보는 거 맞지?

둘은 크리스토퍼 말로의 「격정적인 목동이 연인에게」와 월터 롤리 경의 「목동을 향한 아가씨의 화답」을 함께 암송할 짝으로 배정됐다.

"허리띠는 밀짚과 어린 담쟁이로 엮어…"

"…이런 즐거움이 그대 마음에 들면 오세요, 나의 사랑이 되어 함께 살아요."

니나는 수업 첫날부터 그가 일본인이라는 걸 (그리고 한국식으로 꼼꼼하게 피부 관리를 한다는 걸) 알아차렸지만 먼저 말을 건 쪽은 타이시였다.

아까 그 시 정말 낭만적이지?

뭐? 그 아가씨는 현실을 모르는 바보라며 목동을 나무랐잖아.

작품을 글자 그대로 읽을 거면 문학 수업은 왜 듣는 거야?

나는 아주 고지식한 사람이거든.

니나에게 이 이야기를 전해 들은 시린과 실비아는 그가 사이코패스일지 모른다고 입을 모았다.

하지만 그 학기가 끝날 무렵 타이시와 니나는 커플이 되었다. 몇 가지 사건 덕분이었다.

첫째, 니나는 현대 중국문학 입문 수업 조교였던 로널드 차이와 첫 경험을 하게 되었는데 그는 니나가 제출한 찬쉐 보고서 위에 빨간 펜으로 작별을 고했다. 그런 거절을 처음 당해본 니나는 이 상황을 극복할 계기가 간절했다.

니나 니나님의 현대 중국문학 입문

찬쉐의 「산 위의 작은 집」에서 드러나는 카프카식 언어 운용

니나─
어젯밤의 일은 실수였어. 그리고 나, 타이베이로 돌아가.
미안,
로널드

얼마 안 있어 두 번째 사건이 일어났다. 니나의 심리상담사가 안식년 휴가를 갔다. 대타로 온 상담사는 상담 시간 동안 거의 말을 하지 않는 뚱한 사람이라 니나가 자신에 대한 폄하를 늘어놓는 시간이 점점 길어졌다.

붉은 낮을 보내기에 좋은 날

나는 그냥 편하게 지내고 싶어요. 다른 사람을 이용해 그 목적을 달성하더라도 상관없고요.

그리고 마지막 사건은 밴드 디 엑스엑스가 동명의 앨범을 발표한 것이었다. 니나는 그 앨범을 틀어놓고 감정 없는 섹스를 하기로 결심했다.

이런 사건들이 한데 어우러진 결과 돈 힐스 클럽에서 열린 인디 밴드의 밤(니나가 페이스북에 보란 듯이 초대 응답 요청을 달아놓았다)에 타이시가 등장하자 니나는 펄프의 〈DiSCO 2000〉이 흐르는 댄스 플로어에서 그와 입을 맞췄다.

> **니나의 첫 경험 성공 기원 플레이리스트 (한번도 안 씀)**
> • 〈The Look〉 - 메트로노미
> • 〈Tiger Trap〉 - 비트 해프닝
> • 〈Autumn Sweater〉 - 요 라 텡고
> • 〈Ceremony〉 - 뉴 오더
> • 〈You You You You You〉 - 더 식스드

그로부터 3개월 뒤 그들은 페이스북에서 공식 커플이 되었다.

타이시 사토 님과 연애 중

👍 52 💬 2

52명이 이 게시물을 좋아합니다

 시린 얍
이제 예쁜 일본인 손주를 안겨줘

 케빈 다카하시
대박!!!!!!

타이시는 졸업 후 미쓰비시UFJ에 바로 취직이 됐고 거기서 애널리스트로 근무하며 오사카에 사는 부모님에게 받는 용돈 외에도 9만 달러쯤 되는 연봉을 받았다.

Linked in

 타이시 사토
애널리스트, 미쓰비시UFJ
뉴욕주, 뉴욕 | 미쓰비시UFJ

현재: 애널리스트, 미쓰비시UFJ

이전: 대체투자분석팀 인턴, JP모건 체이스

롱아일랜드의 아파트에 사는 타이시는 세 친구의 '복도'에는 별로 오지 않았다. 가끔 올 때면 시린과 실비아는 황급히 바지를 챙겨 입고 욕실에서 말리던 속옷을 대충 숨겼다.

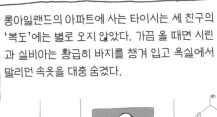

경보 발령! 니나 남친이랑 같이 저녁 먹는대.

알았어. 러브호텔 같은 이 방은 당장 잠가놓을게.

타이시가 와서 좋은 게 있다면 맨해튼에서 먹을 걸 사 들고 온다는 것이었다.

회사는 어때, 시린? 우리 사무실이랑 가깝던데.

동네가 좋더라. 점심 먹을 데도 많고.

일 자체는 어떤데?

그냥 그래. 목차 바꿨다고 화내는 교수님들 상대하고, 보고서 만들고, 비용 정산하고. 뻔한 일들이지 뭐.

그래도 작업하는 책은 재밌잖아. 지도로 본 오토제국의 역사, 이런 거는.

도판 요청 100만 번 하고 허접한 파일로 도배된 그 책? 아, 지겨워.

부서 변경 신청이라도 해보지 그래? 재미있게 일할 수 있는 곳으로.

이 순진한 제안에 니나는 세 가지 의미가 담긴 눈빛으로 타이시를 노려보았다.

1. 문제를 해결해주려고 하지 마. 그냥 듣기만 해.

2. 복잡한 상태를 굳이 상기시키지 마.

3. 가르치려 들지 마. 잔소리밖에 안 되니까.

타이시도 똑같이 진지한 눈빛으로 응수했다.

1. 어린애 같은 애들을 왜 계속 싸고도는 거야?

2. 칭얼대는 걸 다 받아주면 무슨 수로 성장할 수 있겠어?

3. 월세 3000달러짜리 궁궐에서 나랑 같이 살지, 왜 이런 거지 소굴을 고집해?

나는 예전부터 책이랑 관련된 일을 하고 싶었어.

그건 우리 셋 다 마찬가지야.

정말이었다. 그들은 맨 처음 친해졌을 때 (신분증 확인을 하지 않는) 조그만 타이 식당에서 벌게진 얼굴로 책과 관련된 일을 하거나 (실비아의 경우에는) 글을 쓰고 싶다는 꿈에 대해 이야기하곤 했다.

지금도 그 생각은 같아?

맞다!

우리 아래층에 사는 멋진 이웃 얘기 들었어?

실비아는 귀찮아질 것 같으면 귀신같이 알아채고 교묘하게 화제를 돌린다.

진짜 레전드야.

그 작가? 대단한 사람 같던데.

맞다, 네 친구 유토가 저작권 변호사 아니야? 절판된 책 관련해서 물어보고 싶은 게 있는데. 그 친구가 베로니카 예전 계약서를 봐줘도 좋고.

잠깐, 이 불도저야. 베로니카 승낙은 받은 거야?

당연하지!

…받은 셈이지….

글쎄, 타이시 말이 맞다고 봐.

우리가 뭐라고 베로니카 삶에 뛰어들어서 무대로 다시 끌어올릴 수 있겠어? 큰 상을 받았고 훌륭한 책도 여러 권 썼고. 이제 다했다 싶으실 수도 있어. 92살이잖아.

계속 뭔가를… 하면서 살아야 하는 건 아니잖아? 그냥 두자.

시린이 타이시 말에 동조하다니 정말 놀라운 일이었다.

그분은 아무것도 하지 않아도 돼. 다만 작품만큼은 사람들에게 다시 읽혀야 해.

천재 같긴 해. 안 그래?

맞아…

…하지만 가끔은 세상이 전부 바보일 때도 있으니까.

그럼 바보 같은 세상을 바꾸는 게 너희 손에 달린 거네?

그런 고생을 사서 하는 멍청이들이 있다면 바로 우리지.

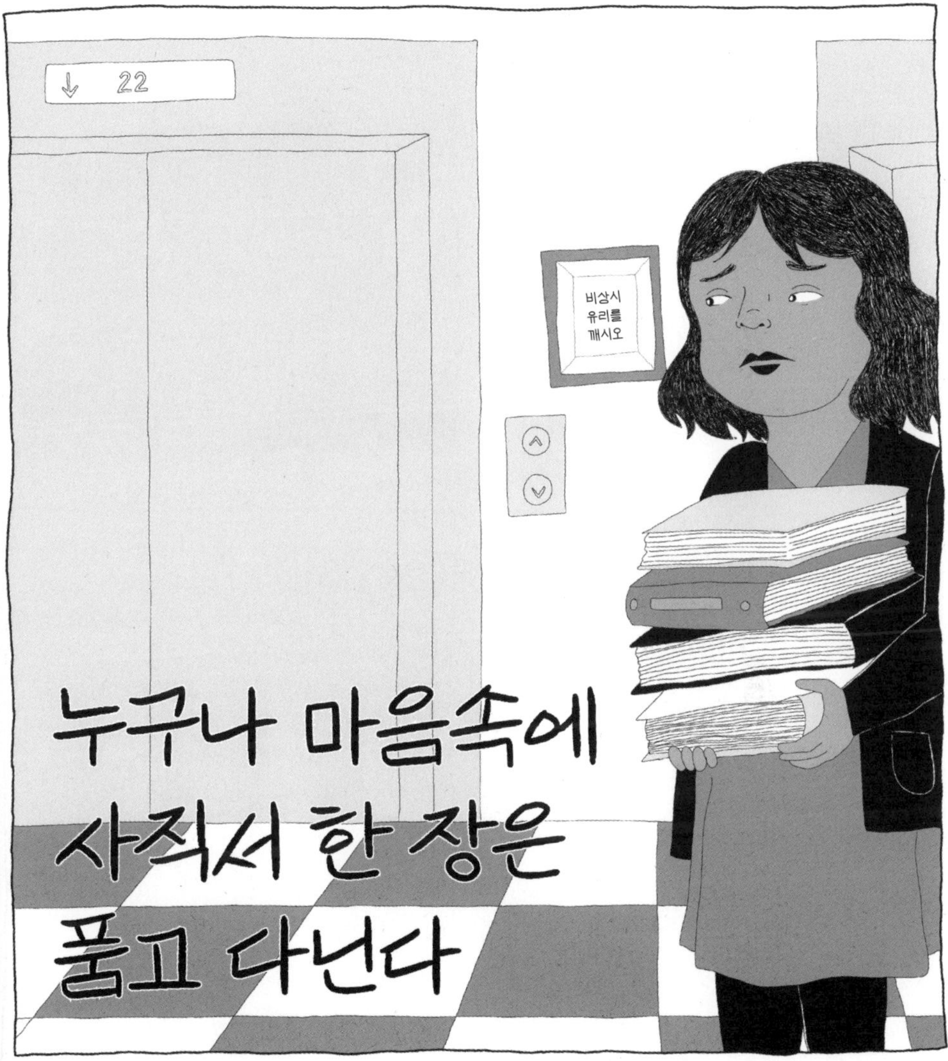

누구나 마음속에 사직서 한 장은 품고 다닌다

시린은 마셀랭대학교 출판부에서 근무한 지 두 달째 됐을 때부터 버브의 〈Bitter Sweet Symphony〉에 맞춰 정교한 퇴사 시나리오를 구상했다. 먼저 가장 까칠한 저자의 메일에 모든 아부를 생략하고 답장을 보낸다.

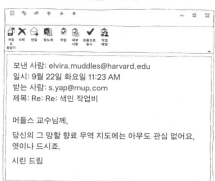

보낸 사람: elvira.muddles@harvard.edu
일시: 9월 22일 화요일 11:23 AM
받는 사람: s.yap@mup.com
제목: Re: Re: 색인 작업비

머들스 교수님께,

당신의 그 망할 향료 무역 지도에는 아무도 관심 없어요. 엿이나 드시죠.

시린 드림

…약칭 정리 PDF 파일과 '2010-2011년 출간 도서 진행 상황' 폴더를 삭제한다(그리고 휴지통을 비운다)….

…탕비실로 성큼성큼 걸어가 개수대 위에 붙은 짜증나는 안내문을 뜯는다….

⚠️

직원들은 개수대 거름망에 남은 음식물 찌꺼기를 반드시 정리해주시기 바랍니다!!!!

…그리고 마지막으로, 메일 말미마다 "그레그, 적극적인 관심을 담아"라고 쓰는 소름 끼치는 제작팀장의 면전에 사원증을 집어 던지고 형광등이 환하게 비추는 사무실을 영영 떠난다.

시린이 이런 상상을 하고 있을 때, 가장 까칠한 바로 그 머들스 교수가 그날에만 네 번째로 보낸 이메일이 도착했다. 시린은 머들스의 이메일을 모두 훑어보고 "어떻게 하면 좋을까요?"라고 물으며 엘렌에게 전달했다.

그때 뉴욕이 오후 3시였으니 파리는 오후 9시였다. 엘렌은 퇴근한 뒤였다.

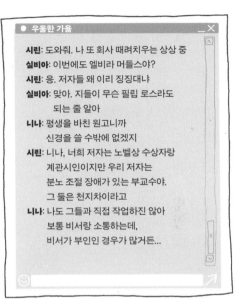

● 우울한 가을   _ □ ✕

시린: 도와줘. 나 또 회사 때려치우는 상상 중

실비아: 이번에도 엘비라 머들스야?

시린: 응. 저자들 왜 이리 징징대냐

실비아: 맞아. 지들이 무슨 필립 로스라도
　　　　되는 줄 알아

니나: 평생을 바친 원고니까
　　　신경을 쓸 수밖에 없겠지

시린: 니나, 너희 저자는 노벨상 수상자랑
　　　계관시인이지만 우리 저자는
　　　분노 조절 장애가 있는 부교수야.
　　　그 둘은 천지차이라고

니나: 나도 그들과 직접 작업하진 않아
　　　보통 비서랑 소통하는데,
　　　비서가 부인인 경우가 많거든...

그때 시린의 자리에서 전화벨이 울렸다. 시린에게 전화할 사람은 한 명뿐이었다.

엘렌 편집자님?

거기는 퇴근 시간 지난 거 아니에요?

안녕, 시린.

응, 그런데 저녁 먹기로 한 남자한테 바람맞아서 이메일 체크하고 있어.

시린은 어둑한 식당에서 담배를 피우며 스카프를 고쳐 매고 있을 엘렌을 상상했다. 시린의 책상과 수십 광년 떨어진 곳이었다.

엘렌은 머들스에 대해 이야기하기 시작했다. 시린은 멀리서 들려오는 프랑스 구급차 사이렌과 웨이터가 내뱉는 짤막한 프랑스어를 들으며 건성으로 받아 적었다.

시린은 파리에서 빨개지지 않는 얼굴로 와인을 마시는 자신의 모습을 상상했다.

이번만큼은 담배를 제대로 피울 테고 볼살이 도드라져도 꼭 픽시 컷을 할 것이다. 진 시버그처럼 미국식 억양이 귀엽게 섞인 프랑스어를 해야지.

수화기 저편의 엘렌이 시린을 몽상에서 깨웠다.

통화가 끝난 후, 모니터로 돌아가 피오나 응우옌의 홈페이지를 들여다봤다. 니나와 실비아가 추천해준 상담사였다.

몇 년 동안 잔소리라며 무시하다가 왜 이제야 상담을 받으려는 건지 그 이유는 알 수 없었다. 매일 8시간씩 책상에 앉아 있다 보니 삶을 곱씹어 보게 된 걸까?

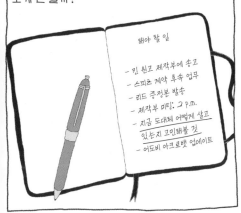

아니면 아침마다 침대에서 몸을 일으키면서 느끼는 참담함 때문일 수도 있었다.

말도 안 돼, 이제 겨우 화요일이라니….

스트레스성 위염 아닐까?

아파서 출근 못 한다고 하면 너무 티 나려나?

대신 출근 시킬 복제인간 하나만 있었으면.

어느 쪽이든, 일단 가장 빠른 상담 예약을 잡았다. 3개월 뒤였다.

퇴근 후에 집 계단을 올라가다가 2층에서 걸음을 멈췄다. 늘 배달 음식이나 저녁 초대라는 핑계를 가지고 베로니카의 집을 찾았었다.

제발 집에 계셨으면…. 아, 맞다, 항상 집에 계시지?

하지만 그날은 그런 핑곗거리가 없는데도 무작정 현관문을 두드렸다.

시린, 어서 와요.

제가 방해가 된 건 아니죠?

그럴 리가. 저녁으로 반쎄오 만드는 중인데 같이 먹을래요?

말씀은 감사하지만 회사에서 간식을 잔뜩 먹어서요. 수박 맛 하이츄가 서랍 한가득 들어 있거든요.

그렇구나. 근데 오늘은 무슨 일이에요?

궁금한 게 있어서요. 선생님은 왜 뉴욕에 오셨어요? 다른 데도 아니고 뉴욕으로.

다들 베트남을 떠나는 시기였고 원래 맨 처음 선택한 곳은 루이지애나였어요. 내가 아는 사람들은 전부 거기로 갔거든.

하지만 거기 있을 이유가 없었기 때문에 곧 뉴욕으로 건너왔지요. 빌어먹을 조앤 디디온의 그 글 때문에.

『Goodbye To All That』이요?

예전에 사귀었던 사람도 그 책의 문구를 쇄골에 새겼어요.

헤어졌다니 다행이네.

"아무튼 조앤이랑 다른 모든 작가가 뉴욕을 어찌나 매력적으로 묘사했던지. 나는 베트남어, 프랑스어, 영어가 되니까 회사나 대사관에 취직해 낮엔 일하고 밤엔 글을 쓰면 어떨까 했어요. 그렇게 『폭동』을 출간하기 전까지 1년 반 동안 보석 도매업체에서 타이피스트로 일했죠."

그 일이 싫으셨어요?

두말하면 잔소리지.

그런데 어떻게 버티셨어요?

음, 몇 번의 전쟁을 거치면서 조국이 몰락하는 것도 겪었는데 사무실에서 하는 일쯤이야 식은 죽 먹기였죠.

진짜, 진짜, 진짜 멋져요!

62

그런데도 그 일이 지겨워 미칠 지경이었으니, 시린을 이해해요.

그치만 제가 애처럼 굴긴 해요. 저보다 훨씬 힘든 사람들도 많은데.

하지만 지랄 맞은 신세 한탄이 없다면 인간이라고 할 수 있겠어요?

방금 '지랄' 이라고 하셨어요?

내가 아가씨들이랑 너무 많이 붙어 있었나 봐.

그럼 여기에 정착까지 하시게 된 이유는요?

뉴욕은 내 집 같으니까요.

여기에서는 살아 있다는 것이 자연스럽게, 가끔은 즐겁게 느껴지거든요. 외출도 안 하는 노인네가 그런 말을 하는 게 우스울지 몰라도 진짜예요.

대단할 건 없지만 나 혼자서 꾸민 집이 있기도 하고…

그게 나한테는 의미 있는 일이거든요.

시린의 엄마는 열차로 45분 거리에 있는 뉴저지주 에디슨에 살았다. 한 달에 한 번꼴로 뉴욕에 찾아와 세 친구에게 저녁을 사주었다.

외삼촌네 사촌한테 생일 축하한다고 했어?

그 왕재수한테? 아뇨!

그들은 대개 우드사이드에 있는 필리핀 식당이나 비빙카에 갔다. 비빙카에 가면 주방장 쿠야 조가 메뉴에 없는 특이한 음식을 만들어주었다.

투슬룸 부와
돼지 뇌와 간

매콤한 이사우
닭 내장 꼬치

수프 넘버 파이브
황소 고환 (정력과 원기 회복에 좋다고 함)

얍 부인은 이런 저녁 식사를 좋아했고, 이런 날이면 몇십 년은 젊어진 표정으로 세 사람에게 일, 연애 전망, 생리 주기에 대해 물었다.

…내가 항상 상사들에게 살짝 겁을 주는 이유가 그 때문이야.

내 간호사 수술복 안에 자칼의 심장이 있다는 걸 잊지 말라는 뜻에서.

부인은 뉴저지로 이주한 젊은 간호사였고 서른 살에 시린을 임신했지만 남자 친구는 부인이 임신 테스트를 해보기도 전에 도망쳐버렸다.

공주님 탄생!

1988년, 시린과 나

65

시린의 엄마는 사촌들에게 시린을 맡기고 밤늦도록 우드사이드의 하우스 파티장에서 기어코 노래를 부르고 왔다.

♪ Ooh, Heaven is a place on Earth ♪

HEAVEN IS A PLACE ON EARTH...

♪ <Heaven is a place on Earth> - 벨린다 칼라일(1987)

이때가 엄마 인생의 황금기였다고 하지만 시린은 엄마가 쿠키 통에 담아둔 옛날 사진 말고는 그 시절 엄마에 대해 잘 알지 못했다.

얍 부인은 이제 매달 딸 친구들과 저녁 식사를 하며 조언을 해주는 데서 인생의 재미를 느꼈다.

너희들 부인과 검진은 잘 받고 있니? 내 친구 올란다가 부인과 의사야. 신경 써서 봐줄 테니까 연락해.

아니, 괜찮아, 엄마.

게다가 이름이 올란다인 사람은 좀 그래. 셀레나 사건*이 생각나거든.

셀레나를 위하여!!

* 미국의 전직 간호사 올란다가 셀레나라는 가수를 살해한 사건

너희들 아래 관리 잘 해야 해.

어제 너희 또래 아가씨가 왔는데 거기에 람부탄만 한 물혹이 있지 뭐니.

무슨 크리스마스 장식처럼 난소 위에 떡하니.

악, 그만해 엄마!!

저녁 식사가 끝나자 그들은 시린의 엄마를 펜 역까지 배웅했다. 그는 세 친구의 뺨에 두 번씩 입을 맞추고 딸의 주머니에 40달러를 찔러 넣었다.

애들아, 안녕! 오메가3 챙겨 먹는 거 잊지 말고!

안녕히 가세요!

사랑해, 엄마!

그리고 페이스북 비공개 해놓지 마. 조 이모가 너희 사진 보는 거 좋아하니까.

시린은 그 돈으로 퀸즈버러 브리지를 건너 집까지 택시를 타고 갔다. 뒷자리에 셋이 끼어서 타야 했고 허벅지가 싸구려 비닐 시트에 들러붙었지만 택시를 타면 호사를 누리는 느낌이었다.

오늘 밤에는 이스트강이 반짝거리네!

그러게, 달빛이 산업 폐수를 아주 제대로 비추고 있어….

아이 갖고 싶어 죽겠으면 결혼을 하겠지만 지금 당장은 원하는 게 일, 집, 돈뿐이야. 내가 너무 얄팍한가?

아니. 어제 베로니카 선생님이랑 얘기해봤는데 그분이야말로 세 개를 다 가졌잖아. 멋져 보이더라.

그분, 외롭진 않을까?

외롭다면 잘 감추고 계신 거고….

자식이랑 남편이 있어도 외로울 수 있어. 나는 너네랑 이 도시가 있으니까 좋은걸. 누군가와 침대와 통장을 공유하는 건 지나친 것 같아.

옳소! 옳소! 이러다 우리가 인류 멸종에 앞장서겠는걸. 하지만 뭐, 어쩌겠어.

실비아가 오전 내내 으리으리한 거실에서 일하는 동안 데브는 홈 오피스를 어슬렁거리며 통화를 하거나 식물에게 말을 걸었다.

안녕하세요, K. 리스의 신작 『도살장의 금욕주의자』 출간 기념회를 그 정육점에서 열고 싶어서요.

…네, 기다릴게요.

실비아는 이메일을 쓰고, 투고 원고도 읽고, 출판사 SNS도 관리했다. 이렇게 열심히 일하면서 데브에게 필요한 물건들도 떨어지지 않게 챙겼다.

건강에 좋은 탄산 콤부차

두 개의 향이 번갈아 나오는 딥티크 자동 디퓨저

촉촉한 열대우림 분위기 조성을 위한 떡갈잎 고무나무 (데브의 창작 활동에 가장 이상적인 환경)

오후 2시가 되면 실비아는 다이닝 룸으로 자리를 옮겼다. 뉴멕시코에 사는 데브의 애인에게서 이때쯤 전화가 오기 때문이다. 데브는 눈물 콧물 다 짜는 스타일이라 옆에 있고 싶지 않았다.

내가 몇 번을 말해야 알겠어, 조이!

아야와스카* 투어 동안 있었던 일은 그때로 끝내!

그들이 뭣 때문에 싸우는지 알 수 없었지만 통화가 끝나면 데브는 항상 뚱한 얼굴로 피오나 애플의 앨범을 반복해서 들었다.

데브가 전화기를 붙들고 우는 동안 실비아는 다이닝 룸의 문을 닫고 매출이 적힌 엑셀 창을 띄웠다. 열심히 일하는 척하면서 몰래 퀴즈를 풀거나 합스부르크 가문을 소개하는 위키피디아 문서를 읽을 때 연막용으로 띄워놓는 문서였다.

* 아마존에서 나는 정글 식물, 강력한 환각 효과가 있다.

70

데브가 갑자기 고개를 들이밀어 모니터를 볼 때도 실비아는 로봇 수준의 반사 신경을 발휘해 화면을 순식간에 바꿀 수 있었다. 2학년 때 음악 잡지사에서 처음으로 인턴 생활을 했을 때부터 써먹은 수법이었다.

alt + tab: 실비아가 가장 소중히 여기는 단축키

조금 뒤에는 '소득세신고2011.docx'라는 제목의 파일을 열었다. 여기에는 실비아가 쓰고 있는 150여 쪽의 제목 없는 소설이 담겨 있었다. 소설은 자부심과 수치심을 넘나드는 작업이었다. 글이 술술 잘 써지면 러너스 하이* 같은 자부심이 느껴졌고,

나는 천재야!

나는 돌대가리야.

다음 날 다시 읽을 때 몸이 꼬여버릴 정도로 손발이 오그라드는 수치심이 느껴지기도 했다.

★ 달리기를 할 때 고통이 지나고 쾌감이 느껴지는 구간

지금 이 소설은 실비아가 몇 년 동안 꾸역꾸역 작업 중인 미완성 시리즈의 최신작이었다. 가끔가다 수치심의 폭풍이 주기적으로 밀려오면 작품을 모조리 삭제해버리기도 했다.

불안과 회의의 먹구름

차가운 자기혐오

걱정의 회오리

뜨거운 수치

〈세일러 문〉과 핸슨의 팬픽까지 치면 10년 넘게 글을 쓰고 있는 셈이었는데도 곁에 두고 싶을 만큼 마음에 드는 작품은 그동안 한 편도 쓰지 못했다. 스스로 그 맹세를 하기 전까지.

세일러 마스 모험담

실비아 바티스타 지음

오렌과 핀치의 팬스 챕터 1~20

제목 없는 차세대 미국의 위대한 소설

실비아의 맹세는 졸업 후 친구들과 '복도'로 이사 온 첫날 밤, 다들 이미 한 번씩 보았던 왕가위의 〈화양연화〉를 같이 보던 중에 시작됐다.

나중에 내가 조사를 한번 해봐야겠어….

…전에 사귄 백인한테 이 영화를 소개받은 아시아 여자가 얼마나 되는지.

뭐래!

걔는 모로코 혼혈이었고 우리 진짜 사랑했거든.

영화 말미에 양조위가 앙코르와트의 돌 틈새에 어마어마한 비밀을 속삭이고 진흙으로 틈새를 메웠을 때 셋 모두 말없이 울고 있었다.

[감성적인 노래가 흐르는 중]

실비아는 잠깐 혼자 있어야 할 것 같아 화장실로 달려갔다.

그리고 다음 날 날이 밝자마자 브루클린 공립 도서관으로 달려갔다. 3학년 여름방학 동안 단기로 일하면서 잠깐 사서가 될까 고민한 적도 있었던 곳이다.

BROOKLYN PUBLIC LIBRARY

실비아가 브루클린에서 가장 좋아하는 건물 중 하나

실비아는 한 직원의 뒤를 따라 직원용 출입문으로 몰래 들어가 절판된 책을 보관하는 깊숙한 지하층으로 살금살금 내려갔다.

전에도 종종 여기로 내려와서 100년 넘게 아무도 찾지 않았을 법한 책들을 들춰보곤 했다. 그러다 한번은 1845년 책에서 머리칼 한 타래를 찾은 적도 있었다.

그 머리칼을 감히 챙기지는 않았다. 할머니 말씀대로 저주는 절대 우습게 볼 게 아니었으니까….

실비아가 알기로 뉴욕에서 이보다 더 조용하고 비밀스러운 공간은 없었다.

실비아는 어릴 적 살았던 좁은 집의 다용도실이 됐건, 이스트 2번가의 조그만 공동묘지가 됐건 항상 조용한 곳을 찾았다(가끔 공강 시간에 그 묘지에서는 점심을 먹기도 했다).

실비아의 머릿속에는 혼자만을 위한 한적한 장소를 꼼꼼히 기록해놓는 데이터베이스가 있었다.

그는 도서관의 깊숙하고 가장 먼지가 많은 구석에서, 표지가 벗겨져가는 1800년대 출간작을 아무거나 뽑아 들고는 무작정 펼쳐서 속삭였다.

쓰다 죽는 한이 있더라도 내 빌어먹을 소설을 완성하고 말겠어.

그런 다음 그 책을 다시 제자리에 꽂고 수많은 계단을 거슬러 올라갔다.

실비아는 공포와 불안과 수치심이 엄습할 때마다 도서관 지하 깊숙한 곳에 꽂혀 있는 그 책을 떠올렸다. 핵폭탄이 터져도 끄떡없이 자신의 비밀을 품고 있어줄 그 책이 존재하는 한, 거기에 대고 속삭인 약속을 지켜야 했다.

그리고 종종 처음 저녁 식사를 같이했을 때 베로니카가 한 말을 떠올렸다.

…내 빌어먹을 소설을 완성하고 말겠어.

쓰다 죽는 한이 있더라도…

나는 첫 책을 쓰느라 30년이 걸렸어요. 때론 책상에 쌓여 있던 그 원고 더미를 얼마나 경멸했는지 몰라요.

마침내 끝냈을 때 어떤 기분이 드셨어요?

드디어 다 끝났다 생각하니까 덕 바오 번* 이 당겨 죽겠더라고요. 친구에게 전화해 플러싱으로 달려갔죠.

온 동네를 헤집으며 덕 바오 번을 파는 노점을 찾았죠.

*오리고기를 넣어 만든 찐빵 요리의 일종

"그 원고가 쓸 만한지, 그 빌어먹을 걸 출간하겠다는 사람이 있을지 알 수 없었지만 어쨌든 체증이 내려간 느낌이었어요."

"또 덕 바오 번이 먹고 싶어 죽겠다는 생각이 든 순간 나가서 사 먹을 수 있다는 거, 그게 바로 호사라는 생각이 들었죠."

니나는 매주 목요일 오전을 기다렸다. 그날은 7시에 출근해 주간 편집 회의를 준비했다.

니나는 목요일 회의 때 자기 패션을 '직장인 버전 안나 카리나'라고 한다.

시린은 이걸 보고 '출근하는 KFC 할아버지'라고 했다.

참석 인원에 맞게 제작 일정을 양면 출력해 스테이플러로 찍고, 가장 넓고 햇빛이 잘 드는 회의실에 준비해놓았다.

세이셸로 휴가를 떠난 미술부장이 새벽 3시에 보낸 마지막 메일까지 잘 첨부돼 있는지 세 번 체크하고, 자기 자리에서 쓰는 귀여운 사무용품을 진지하고 깔끔한 사무용품으로 (임시) 변경했다.

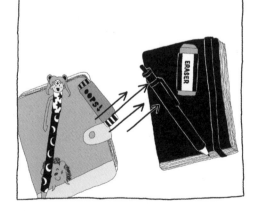

회의가 시작되기 전 2∼3분 정도 따분한 수다 시간을 주고 9시 15분이 되면 깐깐한 테스트 사회자 같은 목소리로 대화를 중단시켰다.

예정 작품
3분기 실적

자, 그럼 첫 번째 작품입니다.

니나는 꼼꼼히 메모해가며 일정을 죽 낭독했다. 캐럴린은 데드라인과 관련된 질문으로 제작부를 불편하게 만들고 싶을 때만 입을 열었다.

뭐라고요, 팸?

아, 저자가 퇴고에 3개월을 더 달라고 합니다….

…테니스엘보가 왔다네요.

10시에 회의가 끝나면 니나는 구둣발 소리도 경쾌하게 자리로 돌아가 제작 일정과 다음 주 회의 안건을 업데이트했다.

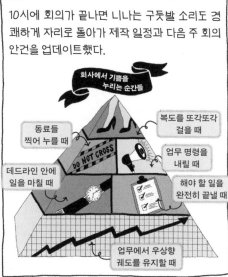

회사에서 기쁨을 누리는 순간들

동료들 찍어 누를 때

복도를 또각또각 걸을 때

데드라인 안에 일을 마칠 때

업무 명령을 내릴 때

해야 할 일을 완전히 끝낼 때

업무에서 우상향 궤도를 유지할 때

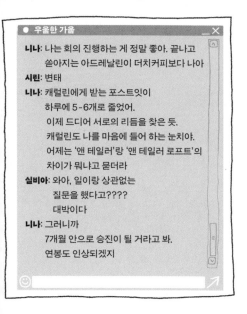

● 우울한 가을

니나: 나는 회의 진행하는 게 정말 좋아. 끝나고 쏟아지는 아드레날린이 더치커피보다 나아

시린: 변태

니나: 캐럴린에게 받는 포스트잇이 하루에 5-6개로 줄었어.
이제 드디어 서로의 리듬을 찾은 듯.
캐럴린도 나를 마음에 들어 하는 눈치야.
어제는 '앤 테일러'랑 '앤 테일러 로프트'의 차이가 뭐냐고 묻더라

실비아: 와아, 일이랑 상관없는 질문을 했다고????
대박이다

니나: 그러니까
7개월 안으로 승진이 될 거라고 봐.
연봉도 인상되겠지

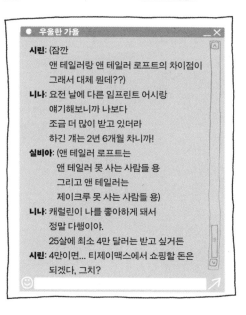

● 우울한 가을

시린: (잠깐 앤 테일러랑 앤 테일러 로프트의 차이점이 그래서 대체 뭔데??)

니나: 요전 날에 다른 임프린트 어시랑 얘기해보니까 나보다 조금 더 많이 받고 있더라 하긴 걔는 2년 6개월 차니까!

실비아: (앤 테일러 로프트는 앤 테일러 못 사는 사람들 용 그리고 앤 테일러는 제이크루 못 사는 사람들 용)

니나: 캐럴린이 나를 좋아하게 돼서 정말 다행이야.
25살에 최소 4만 달러는 받고 싶거든

시린: 4만이면... 티제이맥스에서 쇼핑할 돈은 되겠다, 그치?

온라인 중고 서점에서 주문한 택배가 점심 전에 니나의 자리로 배송됐다. 모델 출신으로 1970년대 뉴욕에서 활동했던 케네디 카펜터의 아주 감상적인 자서전이었다.

"난 또, 밥 딜런 자서전이라도 되는 줄 알았네."
- 어느 파티에서 프랜 레보위츠가 했다는 말

엉망진창 내 인생

케네디 카펜터

니나는 그 책을 들고 점심을 먹으러 갔다. 보건국에서 C등급을 받았다는 이유로 동료들이 기피하는 식당이라 혼자 있을 수 있었다.

★ CHASIN' KALE ★
freshly prepared ✻ good ✻ natural food

지나치게 감상적이고 투박한 앞부분은 빠르게 건너뛰었다. 니나가 이 책을 주문한 이유는 사실 따로 있었다. 바로 사진 때문이었다.

8
코카인 크리스마스

바스키아와 도널드 저드가 나온 사진 옆에 베로니카 보의 과거를 엿볼 수 있는 또 하나의 퍼즐이 있었다.

(왼쪽부터) 편집자 페리 코플런드, 저자, 편집자 폴라 민츠, 소설가 베로니카 보, 1979, 뉴욕

78

시린은 회의를 주관하지는 않지만 웬만한 회의엔 다 들어갔다. 편집자들이 목요일 오전마다 파리 편집부에 새 기획안을 제시하면 (지직거리는 웹캠을 통해) 그쪽에서 승인하거나 퇴짜를 놓았다.

맙소사, 이번에도 고대 후기 전술서예요?

안건

회의 중!

9권짜리 시리즈로는 부족한가 봐.

엘렌이 직접 할 때도 있었지만 대개는 시린이 엘렌의 기획안을 소개했다. 미리 부지런히 복사해 놓은 프린트물에 정보가 다 적혀 있으니 어려울 건 없었다.

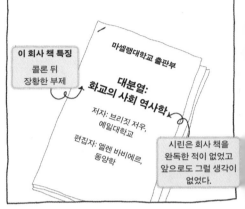

이 회사 책 특징
콜론 뒤 장황한 부제

마셀랭대학교 출판부

대분열:
학교의 사회 역사학

저자: 브리짓 저우, 예일대학교

편집자: 엘렌 바비에르, 동양학

시린은 회사 책을 완독한 적이 없었고 앞으로도 그럴 생각이 없었다.

파리 쪽에서 가끔 용지의 종류나 색인에 대해 물을 때도 있었는데, 그러면 시린은 우물쭈물하기 싫어서 떠오르는 대로 대답하곤 했다.

이 책에 어떤 용지를 쓸 계획인가요?

어… 비코팅 에그쉘이죠, 당연히!

(썩은 이빨 색 종이에 논문 500부 인쇄 발주를 넣은 참이었다.)

다른 회의도 있었다. 아주 많았다. '전사 회의'는 70대를 훌쩍 넘긴 원로 편집자들은 자리에 앉고 어시들은 뒤에 서서 최근에 SAP가 어떤 식으로 업데이트되었는지 지루한 설명을 들어야 하는 회의였다.

회의가 다 끝나면 어시들은 책상 앞에 모여서, 지루하디지루한 보여주기식 회의를 비웃었다.

시린 앱

우리 방금 90분 동안 워드 파일을 PDF로 변환하는 법을 배운 거야?

그래? 난 진행 사항 체크하는 줄.

나 깜짝 발표할 거 있어!

시린은 어떤 소식인지 알았다. 몇 달에 한 번꼴로, 2년 반을 채운 어시들이 하나씩 퇴사를 선언했기 때문이다. 그들은 다른 학술서 출판사로 경력 이직을 하거나 대학원에 진학했다.

송별회는 늘 회사 옆 퀴퀴한 술집에서 열렸다. 눅눅한 프렌치프라이를 공짜로 주는 곳이었다.

어시들은 거의 승진을 하지 못했다. 편집자들이 이 아스트랄계에 끈질기게 붙어 있기 때문이었다.

마셀랭대학교 출판부의 편집자와 어시를 비교해보면

	평균 연령	
60		20
	사는 곳	
맨해튼		브루클린
	단골 가게	
오데온 레스토랑		차이나 타운 나트랑
	문학계 우상	
로버트 카로		실비아 플라스

시린은 2년이라는 기한이 끝나기 전에 이 출판사에서 떠나길 꿈꾸었지만 이후를 생각하면 꿈이 흔들렸다.

이 재미없는 학술서를 검버섯이 생길 때까지 편집한다 생각하면 막막했지만, 대학원 진학도 크게 다르지 않았다.

컴퓨터 책 어시인 멜린다는 마음챙김 코치로 알바한다는데, 그게 뭔지는 몰라도 멜린다가 들고 다니는 한심한 머그잔은 회의 시간에 보고 있으면 최면 효과가 있었다.

시린이 좋아하는 건 퇴근해서 브라를 벗고 친구들과 함께 머리 쓸 일 없는 영화를 보는 것이었다. 누군가 멍하니 머리를 긁어주는 건 필수.

또 좋아하는 건 대학교 2학년 때 사귄 프리야다. 시린에게 플레이리스트를 만들어주고 재스민 향기를 풍기던 프리야("은근히 속을 긁는다"며 시린을 찼다).

또 좋아하는 건 친구들과 생일날 베이징덕 하우스에 가서 비싼 패밀리 디너를 먹고 디저트로 차이나타운 아이스크림 팩토리에 가는 거였다.

또 좋아하는 건 메일을 확인할 필요도 없고 브런치 타임 근무도 없는 토요일이었다. 아무것도 하지 않는 그런 날 말이다.

니나가 알면 시시하다고 하겠지만 뭐, 어쩌겠는가. 시린은 이런 것들을 좋아했다.

이 중에 돈벌이가 될 만한 게 있을까? 아마 없을 것이다. 시린도 그렇다는 걸 알았다.

시린은 글을 쓰는 실비아와 야심으로 똘똘 뭉친 니나가 부러웠다.

정성껏 꾸민 작은 집에서 즐겁게 살아가는 베로니카도 부러웠다.

회의가 유난히 지루할 때면 이런 초조함이 사라지는 날이 과연 올까 하는 생각이 들었다.

2년이라는 데드라인이 정해져 있는 지금 상황에서 이후 계획을 세워놓아야 할까? 다른 일자리를 알아보며 일찍이 대비해야 할까?

뭐라도 해야 한다는 건 알았지만, 어디서부터 어떻게 시작하면 좋을지 도무지 알 수가 없었다.

갈수록 두려워졌다.

생선구이와 불도저

니나가 베로니카를 다시 그들의 '복도'로 초대했다. 베로니카의 집 현관문 아래로 초대장을 밀어 넣는 방식으로.

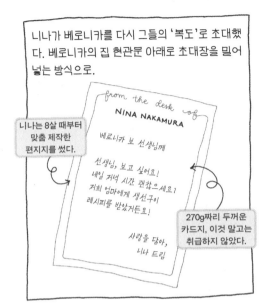

니나는 8살 때부터 맞춤 제작한 편지지를 썼다.

from the desk of
NINA NAKAMURA

베로니카 보 선생님께

선생님, 보고 싶어요!
내일 저녁 시간 괜찮으세요?
저희 엄마에게 생선구이
레시피를 받았거든요!

사랑을 담아,
니나 드림

270g짜리 두꺼운 카드지, 이것 말고는 취급하지 않았다.

퇴근하고 오니 베로니카의 답장이 현관문에 붙어 있었다.

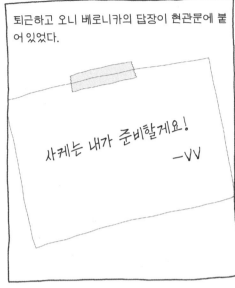

사케는 내가 준비할게요!
—VV

저녁 식사 자리에서 니나는 기린 맥주로 입가심을 하고 며칠 전부터 묻고 싶었던 질문을 스치듯 던졌다.

참, 선생님…

70년대에 케네디 카펜터와 친분이 있으셨어요?

페리 코플런드를 통해 만났었죠. 그 둘이 사귀었던 것 같은데. 당시에 나는 몰랐지만.

아무튼 오랜만에 듣는 이름이네요.

다들 무슨 의자 뺏기 놀이처럼 이 사람고 잤다가 저 사람고 잤다가 했으니…

그분 자서전을 읽고 있는데 선생님 성함이 가끔 등장하더라고요.

그렇겠지요. 그 쓰레기의 대필 작가가 나였으니까.

네? 선생님이 대필 작가셨다고요??

"내 모든 작품이 불티나게 팔린 게 아니라서요. 이유는 모르겠지만 케네디는 작가가 되고 싶어 했어요. 페리의 영향이었을지도 모르죠. 내 첫 책의 반응이 제법 좋았을 때 케네디를 만난 거라 그 여자가 나를 꽤 대단하게 여겼어요."

만나고 싶었어요! 대체 그 영감의 원천이 뭐예요?

명상?

아니면 요가?

아니면 약?

"페리가 엄청난 선인세를 지불했고 나는 케네디를 인터뷰해서 쓸 만한 이야깃거리를 끄집어내는 일을 맡게 됐죠. 케네디의 으리으리한 아파트에서 몇 시간씩."

…그래서 결국 우리는 루 리드의 집에 가게 됐어요. 그렇게나 형편없는 꼴로요.

"케네디는 내 첫 원고를 보고 너무 우울하다고, 업계를 너무 적나라하게 까발리는 거 아니냐고 하더군요. 그래서 조앤 콜린스의 글을 참고해 오스카 와일드의 분위기를 살짝 가미했더니 짜잔! 특별할 것 없는 뻔한 자서전이 탄생했고, 난 그 돈을 보태서 아파트를 살 수 있었죠."

할인 코너

재미있는 사실
이 자서전은 후에 영화로 각색됨.

이 사진 좀 봐! 선생님 완전 애기야!

그때 재밌는 일도 많으셨겠어요.

그렇다기엔 내가 워낙 말수가 적은 편이라…

그래도 파티에 가서 관찰하는 건 재밌었어요. 그런 식으로 소잿거리도 많이 챙겼죠.

그럼 선생님은 "코플런드파"가 아니셨어요?

아유, 절대. 그런 말은 하지도 말아요.

"그들은 뒤에서 날 수지 웡* 이라고 불렀는걸요. 내가 그들 주변에 머물렀던 건 내 담당 편집자 폴라가 날 데리고 다녔기 때문이에요."

폴라, 찹 수이** 도 머드 클럽에 같이 오나?

"하지만 남들은 종종 나를 짐짝 취급하는 걸 느낄 수 있었죠."

* 영국작가 리처드 메이슨의 소설 『수지 웡의 세계』의 주인공. 직업은 창녀다.

** 미국식 중국 요리의 일종

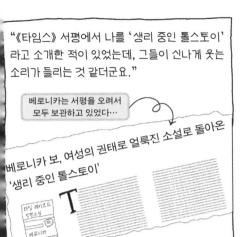

《타임스》 서평에서 나를 '생리 중인 톨스토이'
라고 소개한 적이 있었는데, 그들이 신나게 웃는
소리가 들리는 것 같더군요."

베로니카는 서평을 오려서
모두 보관하고 있었다…

베로니카 보, 여성의 권태로 얼룩진 소설로 돌아온
'생리 중인 톨스토이'

…혹평도 예외없이

그런 역겨운 별명으로 공격하다니!
제가 다 죽여버릴래요.

고마워요. 근데 전에도 여러 번 말했지만
내 동년배들은 다 저세상 사람이 됐고
이제는 모든 게 아무 상관 없어졌어요.

하지만 최후의 승자는 선생님이 될 수
있어요! 자서전을 쓰세요! 아니면 칼럼!
아니면 재출간된 작품의 서문이라도!

이 불도저는 이제
익숙하시죠?

니나 취미가 사람들을
다그치고 몰아붙여서
잠재력을 발휘하게
만드는 거예요.

아, 글은 지금도 계속 써요. 아무한테도
보여줄 생각이 없어서 그렇지.

외람된 말씀인 건 알지만
혹시 제가…

아주 당찬 아가씨네. 그래도 이건
보여줄 수 없답니다.

하아아!

30년 넘게 세상에 책을 냈으니 이제는 나만을 위해서 글을 쓸 때도 됐지요.

실비아도 글을 쓰죠?

어떻게 아셨어요?

글쟁이끼리는 느낌이 오거든.

장편을 쓰고 있긴 한데, 어떻게 될지 전혀 모르겠어요.

어렴풋한 상상에 그치지 않고 그걸 글로 쓰고 있다는 것만 해도 대단한 거예요.

그렇지만 아무짝에도 쓸모없는 헛소리에 불과할 수도 있죠.

어쩌면요. 그래도 난 실비아를 위해서 건배하겠어요.

옳소, 옳소! 이 세상 모든 '생리 중인 톨스토이'를 위하여!

살이 에이도록 추운 11월 어느 저녁, 니나가 유색 여성 출판계 종사자끼리 인맥을 쌓는 자리에 친구들을 끌고 갔다.

바 안엔 감각적인 카디건에 로퍼를 신은 아시아 여성들이 대부분이었다. 출판계 각 분야 종사자들이 참석해 있었다.

WINDFALL est.1988 est.1988

우리한테 도움이 될 거야.

게다가 내가 드디어 명함이 생겼거든. 우리 회사 편집 어시 사상 처음으로.

유색 여성
출판계
사교 모임
✳
저녁 8시!

어시들만 모이는 행사라며 왜 맥주를 12달러에 파는 술집에서 하는 거야?

편집 어시스턴트
· 빈티지 패션 선호
· 『오만과 편견』 속 다아시 씨 짝사랑
· 와인 좋아함

제작 어시스턴트
· 캐주얼 패션 선호
· 화가 '힐마 아프 클린트' 짝사랑
· 맥주 좋아함

홍보 어시스턴트
· 클래식 패션 선호
· 비품실의 에어캡 봉투 짝사랑
· 모히토 좋아함

이거 유색 여성 모임이라 하지 않았어? 카디건 입은 아시아 여자들끼리 만나는 자리가 아니라?

"유니스!"라고 부르면 몇이나 돌아볼지 궁금하네.

가서 인맥을 쌓아보자고.

니나는 자신 있게 한 그룹에 다가갔고 시린과 실비아는 술을 든 채 뒤에 있었다.

얼굴 빨개진 사람도 없는데 인맥 쌓기가 제대로 될까?

아직 시간은 많아. 세 잔쯤 마시고 니나네 사무실 쳐들어가서 아웃룩 좀 없애달라고 떼써보자.

92

어휴, 왜 이렇게 뭔가 불안하지.

다들 끓는 분노를 달래고 있어서 그런거 아닐까.

프린터 잉크 카트리지 훔친 사람

상사를 본뜬 저주 인형을 만든 사람

자기 자리 파티션에 구멍 뚫은 사람

베로니카 선생님이 예전에 어떤 회사에서 타이피스트로 일한 적이 있댔거든.

그땐 사무실 생활이 어땠을까? 끔찍했겠지?

그래도 선생님은 책을 다 쓰고 거기서 빠져나왔잖아.

내가 취직하고 쓴 글은 전부 밋밋하고 알맹이가 없어.

나 대자연 기겁하는 거 알면서.

어디 칩거라도 해야 하는 거 아니야? 시골 마을 가서 방 하나 잡아놓고 미친 듯이 글만 쓰는 거지.

텍사스 출신 맞아?

뭐래, 나 휴스턴 출신이거든. 완전 콘크리트 정글.

이제 슬슬 다른 사람들이랑도 어울려야 하나?

도움이 될 만한 사람이 있으면 니나가 데려오겠지.

그래. 그럼 버팔로 윙하고나 놀래?

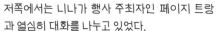
저쪽에서는 니나가 행사 주최자인 페이지 트랑과 열심히 대화를 나누고 있었다.

나는 보조 편집자가 되는 데 4년이 걸렸어요.

회사 카드가 없어서 에이전트와 점심을 먹어도 내 돈으로 계산했죠.

한번은 ICM 에이전트를 14번가 데어리 퀸에 데려간 적도 있는데 다행히 나를 인색한 게 아니라 특이하다고 생각하더라고요.

레크먼에서는 아무도 승진을 못하는 것 같아요. 제 미래 계획에 맞추려면 몇 달 안으로 새 직장을 찾아봐야 할지도요.

당연하죠.

계획이라면, 경력 관리요?

…대단하시네요.

9시가 돼서 니나가 실비아와 시린을 찾았을 때, 그들은 자리에서 휴대폰을 들여다보고 있었다.

뭐 보고 있어?

좀 전에 패티 이와사키라고, 버먼의 홍보 어시를 만났는데…

"…알고 보니 카리사의 사촌이라지 뭐야."

카리사 이와사키는 3학년 때 범아시아 학생 연맹 선거에서 근소한 차로 니나를 누르고 회장으로 당선됐다(시린과 실비아는 세 번씩 투표했다).

...롭게 선출된 범아시아 학생 연맹 회장으로서 ○○대학교의 아시아계 학생들을 당당하게 ○변할 것을 맹세하며...

...오늘 저녁, 여러분을 흥분의 도가니로 몰고 갈 스티브 아오키를 뜨겁게 맞아주시기 바랍니다!

하지만 임기가 시작되기 전 여름방학, 카리사는 〈피시볼〉에 출연하게 됐다. 예쁘고 잘생긴 청춘 남녀가 도쿄에서 함께 지내다가 온천에서 손을 맞잡고 마음을 확인하는 일본의 핫한 연애 리얼리티 프로그램이었다.

카리사는 졸업에 차질이 없도록 뉴욕과 일본을 오가며 학업과 촬영을 병행할 계획이었다. 하지만 니나가 볼 땐, 끊임없이 일이 생기는 연맹 회장이 감당할 수 있는 스케줄이 아니었다.

범아시아 학생 연맹 부회장으로서 묻겠습니다. 이게 선출된 책임자로서 ○인되는 행동일까요?

타이거 우즈가 말할 것 같네요. 이건 '나쁜 샷'이라고요!

"타이거 우즈도 1/4쯤은 아시아계입니다"가 이 연맹의 비공식 슬로건이었다.

(원래 범아시아 학생 연맹의 존재 이유가 음력 설 때 스파 캐슬에서 바비큐 파티를 주관하고, 해마다 필름 포럼에서 B.D. 웡 특별전을 열기 위해서였다. 스케줄에 따라 배우와의 Q&A 시간도 주어졌다.)

K팝의 역사 패널 토론회 초대장 받아가세요!

선착순 20명에게 베이비 풋 각질 제거제 드려요!

니나가 연맹 지도 교수에게 말하자 교수는 카리사가 회장직을 내려놓는 것이 좋겠다는 결론을 내렸다.

회장이 없으면 우리 연맹은 돌아갈 수가 없어요. 진저가 없는 스파이스 걸스처럼 엉망진창이 될 거예요!!

마음대로 해, 니나. 이제 점심시간이야.

몇 달 뒤 카리사가 〈피시볼〉에서 팬 투표 1위로 뽑히자 니나는 응당한 벌을 받았다. 카리사는 뉴욕에 있는 고약한 '凶漢(흉한)'의 질투심 때문에 도쿄로 피신했으며, 그 덕에 유망한 모델이자 네트워크 기술자인, 좋은 사람을 만날 수 있었다고 잊을 만하면 같은 말을 반복한 것이다.

사랑 파괴자에게 지면 안 돼요.

'凶漢'이라는 단어가 영어 자막에서 '사랑 파괴자'로 번역됐기 때문에 '사랑 파괴자'라는 단어는 밈이 되었다.

두 사람의 로맨스가 그 프로그램의 원동력이었고, 연맹 회원들은 그들이 온천에서 마침내 손을 잡는 순간을 학수고대하며 기숙사에서 관람 파티를 열었다.

FISHBOWL TOKYO
관람 파티
금요일 @409호
카리사와 맥스가
커플 매칭에 성공하면
바로 애프터파티!!
@분다 바

뚱한 표정으로 복도를 걸으며 그 프로그램의 존재를 부인하는 '사랑 파괴자'가 누군지 모르는 사람은 없었다. 니나는 이때 너무 힘들었지만 친구들의 응원과 새우깡 덕분에 극복할 수 있었다.

대학 가면 착해지겠다고 다짐했는데 사랑 파괴자가 되고 말았어.

아니, 언제 또 연애 프로에서 악당이 되어보겠어?

이것도 다 지나갈 거야.

원만해서는 상처를 받지 않는 니나가 아주 가끔 무너질 때면 두 친구는 니나의 그런 모습을 아무에게도 들키지 않도록 책임지고 단속했다.

이제 집에 가자.

다시는 이런 데 데려오지 마.

그 정도로 최악은 아니었거든.

이때 패티 이와사키가 매서운 눈으로 등장했다.

이게 누구야, 사랑 파괴자 아니야?

어머, 니나!

호랑이 굴에 들어왔구나…

…얼른 나가자.

실비아와 시린은 니나가 근엄한 선생님처럼 말하면 진심이라는 걸 알기 때문에 얼른 자리를 벗어나 카디건의 물결 속에서 빠져나왔다.

난 개인적으로 인맥 관리는 단체 채팅방에서 끝내는 편이 좋더라.

빌런 등장

핸섬출판사는 신작 『가토』의 출간을 앞두고 있었다. 『가토』는 한 남자와 보르헤스의 환생인 반려묘와의 관계, 그리고 둘의 격한 철학적 논쟁을 다룬 우울하고 두서없는 소설이었다.

이들은 아르헨티나의 소설가 코르타사르를 사랑했고 펄프의 노래 〈Common People〉 속 화자인 미대 학생에게 동질감을 느꼈다.

데브는 리스본에서 열린 철학 세미나에서 이 작가를 만났다.

데브와 실비아는 오전에 초청장을 인쇄하고 서평을 확보하고 홍보 담당자들에게 메일을 보내며 정신없이 바쁜 시간을 보냈다.

돈 드릴로에게 허니베이크드 햄을 선물해야 추천사를 받을 수 있다고요? 좋아요.

오후에는 데브가 애인과 통화하며 빈야사 어쩌고 소리를 지르는 동안 실비아는 다이닝 룸에서 소설을 썼다. 반복되고 예측 가능한 것을 사랑하는 실비아는 이런 일과가 좋았다.

오후가 너무 더디게 가면 엄마에게 전화를 걸었다.

네가 뉴욕에서 대단한 편집자가 됐다고 동네방네 자랑하고 있어.

엄마, 편집자 아니고 편집자 어시예요.

그게 그거지, 뭘.

대학생 시절부터 엄마와 통화할 때마다 후렴구처럼 반복되는 대화였다. 처음에는 꼬치꼬치 캐묻는 엄마에게 발끈했지만, 지금은 불안을 달래기 위한 엄마의 방편이라는 걸 안다. 실제로 잘 챙겨 먹는지 알려주는 것보다 그냥 그렇다고 믿게끔 엄마를 안심시키는 것이 더 중요했다.

점심시간에는 브루클린 워터프런트까지 걸어가서 책을 읽었다. 웃음이 터지는 문장이나, 표현이나 기교 면에서 감탄이 나오는 문장에 밑줄을 그어가며 베로니카의 전작을 섭렵하는 중이었다.

동료들이 베로니카의 작품을 왜 얕봤는지 짐작이 갔다. 베로니카는 직장에서의 딜레마나 불행한 결혼 생활에 괴로워하는 평범한 여성의 이야기를 주로 다루었다. 극적인 정치 상황을 다룬 데뷔작으로 작가 인생의 서막을 열고 명성을 떨친 것과는 전혀 다른 행보였다.

(실비아가 생각하는)
걸작의 핵심 요소
• 현실에 좌절하는 독신녀
• 꼬여버린 연인 관계
• 망가진 친구 사이
• 실망스러운 성생활
• 공간적 배경은 뉴욕

하지만 실비아는 불행한 여자들을 표지에 내세운 이 소박한 책들이 좋았다.

베로니카 작품 속 주인공은 모두 아시아인인데…

잿더미 상자

베로니카 보

단풍잎

…표지엔 항상 인종을 알 수 없는 검은 머리 여자가 있었다.

당연히 극적인 갈등이나 갑작스러운 반전은 없었다. 하지만 실비아는 등장인물의 내면세계에 완전히 빠져들었다. 엄청난 경험이었다. 그리고 가방 속에 베로니카의 책이 있다는 것만으로도 위안이 되었다. 그 책은 끝내지 못한 자신의 소설이 떠오를 때마다 덮쳐오는 불안감을 막아주는 부적과도 같았다.

하루는 조금 걸으러 나왔다가 베로니카의 책에 완전히 정신이 팔린 적이 있었다.

실비아는 걸으면서 책을 읽는 데 도가 튼 지 오래다. 한번은 조지 엘리엇의 『미들마치』에 코를 박은 채 윌리엄스버그 브리지를 건넌 적도 있었다.

평소보다 멀리 걸어갔다가 일대에 우후죽순으로 솟은 똑같이 생긴 고층 아파트 앞에서 갑자기 걸음을 멈추었다.

젠장

실비아는 소름이 돋는 것을 느끼며 힉스 스트리트라고 적힌 표지판을 올려다보았다.

비계 앞으로 다가가 보니 실비아의 예감이 맞았다. 여기는 롱아일랜드대학병원이 있던 곳이었다.

DANGER
안전모를
착용하시오

관계자 외
출입 금지

공사 개요: 주거 시설

책을 가방 안에 쑤셔 넣고 서둘러 왔던 길을 되짚어가기 시작했다. 몇 분 뒤에는 아예 전속력으로 달렸다.

실비아가 달리는 경우

1. G 라인 열차가
출발하려고 할 때

2. 불안한 감정의
소용돌이에 빠져들 때

데브의 사무실에 도착했을 땐 숨이 찼다.

그때 데브는 싸움을 끝내고 티벳버섯 요구르트를 따르고 있었다.

아! 깜빡하기 전에 알려줘야지. 직원 하나가 새로 합류할 거야. 이름은 이브.

엄청난 친군데 네팔에서 묵언 수행을 마치고 얼마 전에 돌아왔어.

출판 쪽 일은 하던 분인가요?

물론이지. 모들린프레스 마케팅 팀장이었는데 독립 출판 일을 하면서 초심을 찾고 싶어 해.

이제 사세를 확장할 때가 됐구나, 실비아는 생각했다. 데브가 가족 얘기를 직접 꺼낸 적은 없었지만 아무래도 주위의 모두에게 자기가 버릇 잘못 든 부잣집 딸이 아니라는 걸 보여주고 싶은 눈치였다. 자기 돈으로 뭔가 의미 있고 유망한 일을 하고 싶어 했다.

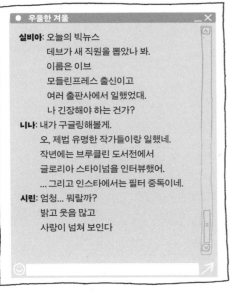

● 우울한 겨울

실비아: 오늘의 빅뉴스
데브가 새 직원을 뽑았나 봐.
이름은 이브
모들린프레스 출신이고
여러 출판사에서 일했었대.
나 긴장해야 하는 건가?

니나: 내가 구글링해볼게.
오, 제법 유명한 작가들이랑 일했네.
작년에는 브루클린 도서전에서
글로리아 스타이넘을 인터뷰했어.
... 그리고 인스타에서는 필터 중독이네.

시린: 엄청... 뭐랄까?
밝고 웃음 많고
사랑이 넘쳐 보인다

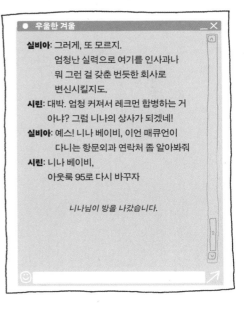

● 우울한 겨울

실비아: 그러게, 또 모르지.
엄청난 실력으로 여기를 인사과나
뭐 그런 걸 갖춘 번듯한 회사로
변신시킬지도.

시린: 대박. 엄청 커져서 레크먼 합병하는 거
아냐? 그럼 니나의 상사가 되겠네!

실비아: 예스! 니나 베이비, 이언 매큐언이
다니는 항문외과 연락처 좀 알아봐줘

시린: 니나 베이비,
아웃룩 95로 다시 바꾸자

니나님이 방을 나갔습니다.

103

그 작은 방에서

실비아는 베로니카를 처음 만난 순간부터 자신의 글에 대해 묻고 싶어서 어쩔 줄 몰랐다. 게다가 베로니카의 소설을 읽으면 읽을수록 팬심이 커져 조급한 마음은 더욱더 증폭됐다.

베로니카 보의 작품을 한 권도 비치하지 않다니 그건 직무 유기예요!

아, 네에….

이런 작가의 작품을 망각에서 구제하는 것이 중고 서점의 의무라고요!

하지만 그 주는 유독 힘들었다. 학부 창작 수업 때 가장 칭찬을 많이 받은 단편을 지난주에 여러 온라인 잡지사에 투고했더니,

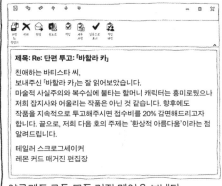

제목: Re: 단편 투고: 「바할라 카」

친애하는 바티스타 씨,
보내주신 「바할라 카」는 잘 읽어보았습니다.
마술적 사실주의와 복수심에 불타는 할머니 캐릭터는 흥미로웠으나 저희 잡지사와 어울리는 작품은 아닌 것 같습니다. 향후에도 작품을 지속적으로 투고해주시면 접수비를 20% 감면해드리고자 합니다. 끝으로, 저희 다음 호의 주제는 '환상적 아름다움'이라는 점 알려드립니다.

테일러 스크로그세이커
레몬 커드 매거진 편집장

얄궂게도 그들 모두 거절 메일을 보냈다.
더러는 따뜻하게, 더러는 잔인하게.

쓰고 있는 소설은 진전이 더디거나 아예 멈춘 것처럼 느껴졌다. 데브가 통화하는 동안 썼던 걸 퇴근 후에 다시 읽어보다가 마침표마저 마음에 들지 않아서 전부 삭제해버리는 경우도 종종 있었다.

모든 단락에 대시를 쓰다니 이런 멍청이가 또 있을까?

무엇보다 힉스 스트리트에 다녀온 뒤에, 벽장 뒤편에 뜯지 않고 모아두었던 편지 더미를 끄집어내게 된 게 그 주의 최악이었다.

미납금 청구서나 채무 추심명령 같은 게 들어 있을까 봐 겁이 났었는데, 뜯어보니 병원이 폐원될 예정이라 필요한 서류가 있으면 미리 신청하라는 일반적인 안내문이었다.

실비아는 어렸을 때 시사 다큐 프로에서 신분 도용 사건을 접한 이후로 모든 우편물을 눈앞에서 확실히 처리한다.

병원에 어떤 기록이 있었을지 생각만 해도 몸서리가 쳐졌고, 실비아는 과거에 머물렀던 공간의 흔적이 영영 사라졌다는 데 공허한 만족감을 느꼈다.

17년 동안 받은 가톨릭 교육 덕분에 연옥이라는 개념이 떠올랐다. 시간 사이에서 멈춘 느낌인데, 이유를 알 수가 없었다.

문득 베로니카와 대화를 나누고 싶어져 2층으로 내려갔다. 그런데 베로니카의 집 현관문이 빼꼼 열려 있었다.

선생님…?

계세요?

안녕하세요.

이모 지금 안 계신데요.

베로니카의 집에서 다른 사람을 만나다니 기분이 묘했다.

아, 안녕하세요. 윗집 사는 실비아예요. 선생님 안부 확인 차 잠깐 들렀어요.

선생님께 조카가 있는 줄 몰랐어요!

어머, 감사해라. 저는 조카 제니예요.

포틀랜드에 사는데, 여기 온 지는 한 시간 됐어요.

아, 놀러 오신 거예요?

그건 아니고…

비상 연락처에 제 번호가 등록되어 있어서 병원에서 연락을 받았어요.

이모가 배달 음식 받으러 나가다 계단에서 구르셨대요.

세상에! 많이 다치셨어요?

통뼈이신가 봐요. 다행히 몇 군데 붓고 멍든 게 전부래요.

고관절 골절은 아닌 것 같지만 나이가 많으셔서 혹시 모르니 가능한 한 빨리 요양원으로 모시려고요.

하지만 선생님은
여길 좋아하시는데.

할렘에 있는
웰스프링이라는 요양원이
아주 괜찮다고 해서
남편이랑 같이 가보려고요.

독립적인 생활을
보장해주고 의료 서비스도
쉽게 이용할 수 있대요.

Wellspring

더 오래
더 행복하게!

5번가 1261

아파트를 당장
팔지는 않을 거예요.

이모가 집으로
돌아올 수도 있거든요.
여길 순순히 포기하실
리 없다는 거 알아요.

요양원에서 지내는 베로니카를 상상만 해도 실
비아는 울컥했다. 하지만 뭐라 할 수 있을까? 베
로니카는 강인해 보여도 92세였다. 그리고 제니
는 가족이었다.

이모가 여기서 혼자
지내기 시작했을 때부터
계속 걱정이 됐어요.
엄마랑 다른 가족은 전부
베트남에 있고 미국에는
저 혼자뿐이거든요.

이모가 완고하시긴 해도
이게 최선이에요.

선생님이 독립적인 생활을
포기하신다니 상상이 안 돼서요.

"걱정 마세요, 이모는 정말 강한 분이에요. 다만 제가 몇 년째 배달 음식도 주문하면서 돌봐드리고 있는데 이것도 언제까지 계속할 수는 없는 노릇이라서요. 그래도 이렇게 걱정해주는 이웃분이 계셨다니 다행이네요."

요즘 들어서는 그쪽이 이모랑 보낸 시간이 저보다 많을 거예요. 이런 얘기를 하는 것조차 이모한테 죄송하네요.

괜찮으시면 이모 스웨터랑 옷들 좀 챙겨주실래요? 다른 물건들은 제가 내일 다시 와서 들고 가더라도 당장 사용하실 물건이 필요해서요.

그럴게요.

...

실비아는 베로니카의 조그만 침실에 처음으로 발을 들였다. 역시나 먼지 한 톨 없이 깨끗했다.

베로니카가 즐겨 입는 카디건을 꺼내며 방 안 구
석구석을 눈에 담았다.

그러고는 몸을 돌렸다 침대 위에 걸린 액자를 보
고 흠칫했다.

젊은 시절의 베로니카 사진이었다.

실비아는 넋을 잃고 그 앞에 꼬박 1분을 서 있다
가 자신이 이 방에 들어온 이유를 겨우 상기했다.

하지만 타자기가 놓인 책상에 또다시 정신이 팔
리고 말았다.

펼쳐진 공책에 시선을 빼앗겨 서서히 그쪽으로
다가갔다.

눈을 가늘게 뜨고 동글동글한 필체를 들여다봤다.

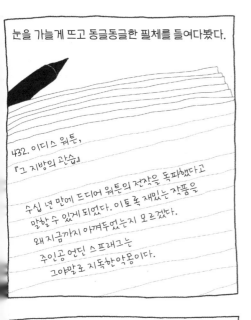

432. 이디스 워튼,
『그 지방의 관습』

수십 년에 드디어 워튼의 전작을 독파했다고
말할 수 있게 되었다. 이토록 재밌는 작품을
왜 지금까지 아껴두었는지 모르겠다.
주인공 언딘 스프래그는
그야말로 지독한 악몽이다.

독서록이었다. 실비아는 그걸 훔쳐본 것만으로도
이미 해서는 안 될 짓을 저지른 느낌이었지만 무
의식적으로 공책을 가방에 넣었다. 그러면서 움
찔움찔, 교회나 힉스 스트리트에서 날아올 신의
분노를 기다렸다.

하지만 천둥번개는 물론 제니의 발소리조차 들리
지 않았고 그 틈에 얼른 그곳을 빠져나와 거실로
향했다.

제니의 눈을 차마 쳐다볼 수가 없었다.

선생님께 안부 전해주세요!

상태가
괜찮아지시는
대로 저희가
문병 갈게요!

정말 감사해요!
이모가 여기서 외롭지
않을까 걱정했는데.

실비아는 제니의 말이 귀에 들어오지 않아 진땀
을 흘리며 밖으로 나갔다.

2R

무제한 칵테일 타임에 생긴 일

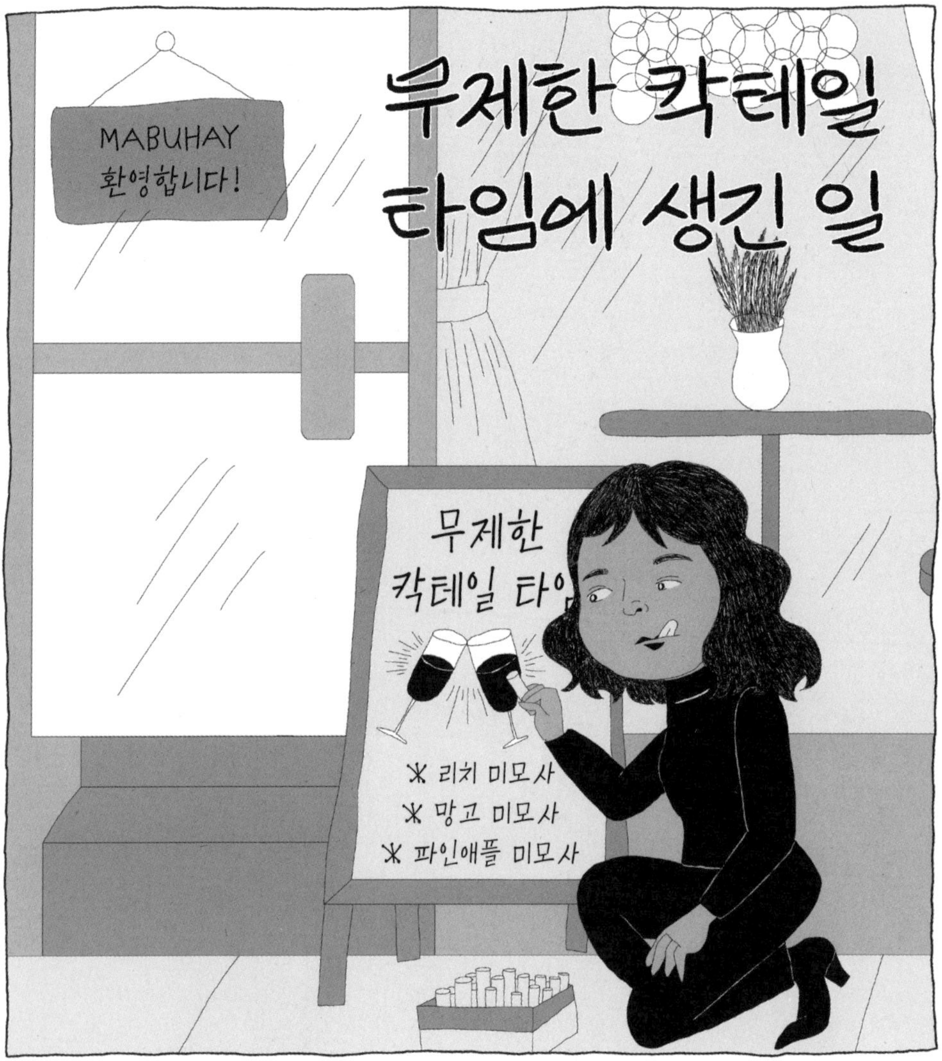

시린은 평소처럼 비빙카에서 일요일 오전 아르바이트를 하고 있었다. 무제한 칵테일 타임 동안 식당 안은 점점 더 정신없어졌다.

여기요, 리치 미 머시기 한 병 더 줘요!

MENU

무화
타임

무제한 칵테일
* 리치 미모사
* 망고 미모사
* 두리안 미모사

PASOK KA NA!
안내 후 착석 바랍니다

맙소사, 교회 가기 전에 이렇게 취한 거 처음이야.

이 저주받은 타임에 근무할 사람은 시린밖에 없었다. 다른 직원들은 전부 비빙카의 다양한 과일 칵테일에 얽힌 끔찍한 기억이 있었다. 취한 손님이 뿜은 알록달록한 토사물을 마주한 것이다.

리치 미모사
여대생과 머레이 힐 주민들 사이에서 가장 인기가 많음

파인애플 미모사
가짜 신분증을 들고 다니는 뉴욕대 1학년들이 선호

망고 미모사
색이 예뻐서 인스타그래머들 원픽

잠깐 소강상태가 됐을 때 핸드폰을 보니 실비아에게서 메시지가 와 있었다.

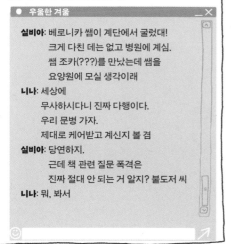

● 우울한 겨울

실비아: 베로니카 쌤이 계단에서 굴렀대!
크게 다친 데는 없고 병원에 계심.
쌤 조카(???)를 만났는데 쌤을
요양원에 모실 생각이래
니나: 세상에
무사하시다니 진짜 다행이다.
우리 문병 가자.
제대로 케어받고 계신지 볼 겸
실비아: 당연하지.
근데 책 관련 질문 폭격은
진짜 절대 안 되는 거 알지? 불도저 씨
니나: 뭐, 봐서

시린은 베로니카의 나이를 알았지만 실감하지 못하고 있었다. 베로니카는 항상 나이를 초월한 듯했기 때문이다. 현실을 자각하자 마음이 안 좋았다.

Google

베트남 여성 평균 수명

Google 검색   I'm Feeling Lucky

시간을 확인하는데(30분만 버티면 됐다) 귀에 익은 낭랑한 웃음소리가 들렸다. 엘렌이었다. 같이 온 장신의 프랑스 남자는 엘렌의 사무실에 걸린 액자 속 사진의 주인공이었다.

무제한 칵테일? 프랑스엔 이런 거 없는데! 미국이 좋긴 좋네!

두 사람이 계산대 앞을 지나가자 시린은 메뉴판으로 어설프게 얼굴을 가리려 했다.

시린!

이 식당이 왜 생각났나 했어. 예전에 여기서 일한다 했었잖아.

아, 편집자님, 안녕하세요.

네, 주말에만 일해요.

아, 이쪽은 내… 친구 미셸.

어젯밤에 왔거든. 내가 좀 정신없어도 이해해줘.

음식 환상적이더라. 파리에는 이런 데가 없거든. 프랑스 사람들은 모든 요리를 프랑스식으로 바꿔서 괜찮은 아시아 음식점이 없어!

스팸 아보카도 토스트도 필리핀 현지식이 아니라는 사실은 굳이 말하지 않기로 했다.

몇 달 있으면 자기가 직접 경험하게 되겠지만.

네? 그게 무슨 말씀이세요?

AEHS 학회! 월요일에 얘기하려고 했는데. 파리 디드로대학교에서 1월에 열리거든.

약칭 정리 파일이 없어도 AEHS가 동양사학자 협회라는 건 알았다. 그 학회의 거의 모든 아이템을 엘렌이 기획했다.

잠깐, 작년에는 위스콘신주 매디슨에서 열리지 않았어요?

유럽의 분위기를 조금 내고 싶었나 봐.

자기가 없으면 안 되니까 데려가겠다고 회사에 이미 얘기해놨어. 원래 어시 급은 잘 안 데려가는데, 내가 그만큼 자기를 의지하잖아.

On y va(이제 갈까)?

그만 가봐야겠다. 내일 만나, 몽 프티 슈. 자세한 건 그때 얘기하자.

이미 결정된 거나 마찬가지니까 걱정 마! 파리는 우리 거야!

엘렌은 프랑스 국가인가 싶은 노래를 흥얼거리며 성큼성큼 나갔다.

나 정말 파리에 가는 건가….

PASOK KA NA!
안내 후 착석 바랍니다

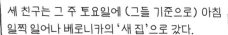

세 친구는 그 주 토요일에 (그들 기준으로) 아침 일찍 일어나 베로니카의 '새 집'으로 갔다.

요양원은 처음 가봐.

나는 고등학교 때 봉사활동 갔었어. 어르신들이 얼마나 멋진지 알아?

지독한 인종차별주의자면 어떡해. 나는 노인들 무서워. 베로니카 선생님만 예외야.

어르신들 보면 우리 모두 결국 죽을 운명이라는 사실이 떠오르니까 무섭겠지.

니나 너는 영원히 살고 싶으니까.

이 요양원은 원래 수녀회가 운영하던 노약자 보호시설이었다. 지금은 리뉴얼을 거쳐 '웰스프링 요양원'이 되었다.

시내에서 거리가 꽤 있는 곳이었다. 셋은 매디슨 가를 건너자마자 펼쳐진 차분하고 고요한 분위기에 괜히 불안해졌다. 요양원 건물은 센트럴파크 맞은편 5번가의, 무서울 정도로 깨끗한 구역에 자리 잡고 있었다.

안녕하세요, 베로니카 보를 만나러 왔는데요.

아, 보 여사님!

안 그래도 궁금해하고 있었어요. 언제쯤 친구분들이나…

방명록을 작성 해주세요.

…가족이 오실지 하고요.

베로니카가 있는 방은 가구가 거의 없고 보기 괴로울 정도로 깔끔했다. 침대맡 탁자에 쌓인 책더미가 사람 사는 유일한 흔적이었다.

어머나!

세 친구는 휠체어에 앉아 있는 베로니카를 보고 놀란 기색을 숨겼다. 베로니카를 만난 이래 처음으로 그의 나이를 실감한 것이다.

엠파나다 들고 왔어요!

너무너무 반갑네요. 여기가 다 좋은데, 말동무가 없어요. 몇 시간 동안 골다공증이랑 노인 비타민 얘기 말고는 한 게 없다니까.

여기서 케어는 잘해줘요? 그보다, 음식은 입에 맞으세요?

직원들은 친절해요. 음식은 형편없고.

그들은 베로니카를 데리고 중앙 로비로 갔다. 다른 환자들도 거기서 손님을 만나고 있었다. 실비아는 가방에 있는 공책 때문에 얼굴에서 계속 열이 났다.

KUM

한편, 니나가 또 일 얘기를 하기 시작했다.

제가 유토라는 친구한테 물어봤거든요. 저작권 전문 변호사요. 저희 출판사에서 선생님 작품의 판권을 살 수 있을 것 같은데,

에이전트 있으세요?

있지요. 젠킨스라고.

와! 제가 어떻게 연락하면 돼요?

연락 못 해요. 10년 전에 죽어서.

아, 제가 다른 에이전트 소개해드릴게요! 다들 서로 맡겠다고 줄을 설 거예요.

내가 이래서 그대들을 좋아한다니까. 자존감을 쭉쭉 높여줘서.

진짜예요! 어렸을 때 스타인벡이랑 헤밍웨이를 억지로 읽을 게 아니라 선생님 작품을 읽었어야 한다고요.

아이, 너무 갔네. 난 그대들 나이였을 때 온갖 작가들의 작품을 가리지 않고 다 읽었어요.

실비아는 가방 속에 있는 공책에 불이라도 붙은 것 같았다.

저희 나이 때 어떤 걸 읽으셨는데요?

너무 많아서 댈 수도 없지.

그래도 무슨 책을 읽었는지는 지금도 기록해요. 10대 때부터 지킨 습관이지요. 만약 내 집에 다시 들를 기회가 생기거든 내 방에서 그것 좀 가져다줘요. 계속 쓰고 싶으니까.

실비아는 빠르게 밀려드는 안도감을 느꼈다.

일은 좀 어때요?

여전히 지겨워요. 근데 내년 1월에 학회 참석차 파리에 갈지도 몰라요.

파리 가보셨어요?

"첫 책이 번역됐을 때 홍보차 가봤어요. 편집자가 생제르맹데프레에 있는 예쁜 호텔을 잡아줬었죠. 여러 문학 사교 모임에 참석했지만 다 서먹서먹했고 하는 말마다 후회스러웠어요."

"내가 보기에 파리는 이상한 구석이 있어요. 아주 아름답지만 어떤 동네에서는 그게 불길하게 느껴진달까. 예술적인 건물과 박물관 옆에 그 도시의 어두운 역사가 있어서 그런지."

선생님이랑 프랑스어 공부를 해야겠네요.

Bien Sûr (물론)

에?

간호사가 점심시간이라고 알려주었다.

이제 겨우 10시 30분인데요?

여기 일과가 그래요. 같이 먹으면 좋겠지만 영 권할 만한 게 아니라서.

다음번에는 같이 밖에서 먹어요. 선생님 드시고 싶은 걸로.

대환영이에요.

이거 받아요.

제니가 내 물건을 가져다줄 시간이 없어서. 다음번에 올 때 책들이랑, 여길 내 집처럼 꾸밀 만한 것들 좀 부탁할게요.

그럼요. 특별히 부탁하실 책 있어요?

우울하고 암울한 것. 살인이 벌어져도 좋고요. 기분 전환이 필요해서.

알겠어요.

우울하고 암울한 것. 요즘 제 전문 분야죠.

'우울'하고 '암울'하다고?

너 오늘 아침에 〈하이스쿨 뮤지컬〉 OST 열창하지 않았어?

'하이스쿨' 뭐라고요?

죽이는 거 있어요! 제가 다음번에 믹스 파일 만들어드릴게요. 마음에 드실 거예요.

명절이면 생각나는

시린 S. 얍

동아리 · 활동 사항
- 이모코어 감상회
- 동성애 - 이성애 동맹
- 필리핀계 미국인 모임
- 범죄 과학 수사 동아리

좋아하는 문구
"불멸이 절대 죽지 않음을 의미하는 줄
알았다니, 우리가 엄청난 착각을 한 거지."
— 제러드 웨이

페넬로피 M. 여

세 친구는 처음으로 뉴저지에서 시린의 가족과 추수감사절을 함께 보냈다. 시린의 엄마는 해마다 필리핀 음식을 성대하게 준비해 할아버지, 할머니, 이모, 삼촌, 사촌 그리고 그 일대의 운 좋은 홈리스들에게 대접했다.

얘, 소파에 씌운 비닐 벗기지 마!

넥넥 삼촌이 얼마나 잘 흘리는지 알잖아.

열차를 타고 에디슨으로 가는 동안 세 친구는 더치커피를 마시고 흥분해서 시끄럽게 떠들어댔다.

섹스는 로리. 결혼은 브룩. 죽이고 싶은 건 바에르 교수*.

결혼이 로리지. 유산을 생각해봐. 그 다음 브룩을 죽일 거야(장갑 페티시는 최악이야). 그리고 바에르랑 자고. 내 맘이잖아?

나는 셋 다 싫어. 대고모처럼 돈 많은 미혼으로 살래.

…하지만 시린의 집에 도착했을 무렵에는 흥분도 가라앉았다.

＊모두 『작은 아씨들』의 등장인물

셋은 시린이 쓰던 방으로 들어갔다. 이모코어에 빠져 지낸 고등학교 시절이 메트로폴리탄 미술관의 빅토리아 시대 전시관처럼 완벽하게 보존돼 있었다. 훨씬 망측한 기념품과 함께.

헐, 이 방에서 추억이 만들어졌다는 거지….

'팬픽'의 '추억'이라면 그렇지.

이 좁아터진 방에 들어서자 시린은 레즈비언에서 블로그 시인으로 변신한 불안했던 고등학교 시절로 돌아갔다. 시린의 불안은 성 정체성을 숨긴 데서 온 게 아니었다. 사실 커밍아웃을 할 필요도 없었다. 시린의 엄마는 시린이 유치원 입학 전에 옐로 파워 레인저를 좋아했을 때부터 알아차렸다. 교실이 됐건 뉴저지가 됐건 자궁 같은 자기 방이 됐건 가만히 있을 수 없던 게 문제였다.

123

시린은 그 코딱지만 한 방을 애지중지했고 친척들이 모일 때도 거기에 숨었다.

너희 할아버지가 나를 기억하시네? 뭐라고 부르셨는지는 통역 안 해줘도 돼.

미안. 2차 대전에 대한 분이 아직도 안 풀려서 〈고질라〉도 못 보셔.

엄마한테 파리 가게 됐다고 아직 말씀 안 드렸어?

응, 한참 남은 것 같아서.

진짜 부럽다. 나는 회사에서 맨날 똑같은 일만 하는 느낌이야. 정체되는 거 싫은데.

조급해하지 마. 입사한 지 아직 1년도 안 됐잖아.

어떤 식으로? 회의실 테이블에 따끈따끈하게 똥이라도 싼대?

타이시 말로 남자들은 출근 첫날부터 주도권을 장악한대.

아니, 자기 목소리를 내는 식으로.

니나, 너는 어디서든 대장이야. 너희 회사 사람들이 네 목소리가 얼마나 큰지 아직도 모른다면 토너 잉크 마시고 취한 거야.

고전 임프린트 어시랑 얘기해봤는데, 베로니카 선생님 책 재출간에 관심 있을 편집자가 몇 명 있대. 특히 『폭동』.

얼른 에이전트 찾아서 진행시켜야 하는데.

또 불도저처럼 밀어붙이기 전에 선생님도 찬성하는지 확인해봐. 사과 따기 대환장 파티 반복하기 싫으면.

대학교 3학년 때 니나가 시골에 가서 사과도 따고 옥수수 미로도 보고 단풍 구경도 하자고 몇 주 동안 조른 적이 있었다.

실비아와 시린은 니나가 꽂히는 대상의 다양함에 항상 놀라곤 했다.

사과 따기에 대한 집착은 어렸을 때 〈유브 갓 메일〉을 본 뒤로 뉴잉글랜드의 낭만적인 가을을 떠올린 데서 비롯됐을 것이다.

(막상 톰 행크스와 멕 라이언에게는 관심 없었다. 니나가 보기에 그 영화의 진정한 주인공은 파커 포지였다.)

시린과 실비아는 약속을 까맣게 잊고 있다가 토요일 새벽 6시에 니나의 등쌀에 일어나 타이시와 당시 시린의 여자친구 프리야까지 렌터카에 태우고 5시간을 달려 핑거 레이크스로 갔다.

듣고 싶은 음악 있어?

내가 『미들마치』 오디오북을 다운받아놨지. 주유소 들르면 그룹 나눠서 토론해도 되겠다.

그곳의 옥수수 미로에서 시린은 프리야와 대판 싸우고 울다가 옥수수밭에서 길을 잃었다.

너 진짜 어이없다.

어이없다고? 내가? 옥수수 미로에 크롭탑 입고 온 주제에!

여행은 망쳤지만 니나는 모두의 시큰둥한 반응에도 굴하지 않고 짜놓은 일정대로 강행했다.

APPLE CIDER DONUTS

오케이, 다들 스마일!

빌어먹을 사진이나 얼른 찍어.

대박. 우리 엄마가 영상통화 하재.

네 동생이랑 인사활래!

여보세요, 엄마.

어머니, 안녕하세요!

즐거운 추수감사절! 실비아, 아가. 네가 여기 없어서 너무 아쉽다.

실비아의 엄마가 뭐라 말하는 동안 뒤에서 개 짖는 소리, 농구 중계 소리, 엄마처럼 시끄럽게 고모와 통화하는 아빠의 목소리가 들렸다. 그 불협화음에 실비아는 살짝 집이 그리워졌다.

저쪽 식구들 기다리는 중이야. 그 집은 필리핀 타임으로 사는 거 알지?

삼촌네 아들이 스노스에서 양지머리 사오고 치 대모는 타말레 만든대.

노래방 기계 바꿨어. 벤지 신부님이 미사 후에 축복해주실 거야.

메뉴는 평소랑 같아. 레촌, 춘권, 팔라복, 카레카레….

휴스턴식 추수감사절이 최곤데! 너무 맛있겠다.

크리스마스 때 보자. 아유, 니나는 크리스마스 때 샌프란시스코 가니? 엄마가 보고 싶어 하시겠다.

음, 안 가려구요!

악! 아빠가 카레카레를 방치해놨너 이만 끊어야겠다, 잘 지내렴!

잠깐, 너 집에 안 갈 거라고?

타이시네 부모님 오시거든. 만다린 오리엔탈 호텔에서 같이 크리스마스 보내기로 했어.

아, 망할. 나도 물려받을 유산이 있으면 좋겠다. 난 그러면 데브처럼 사회에 봉사하겠다고 애쓰면서 안 살 거야.

스트레스 없이 흐르는 대로 살면서 도자기나 배울 거야. 아니면 향초나 만들면서. 숄을 두르고 다녀야지. 펜디 숄을 한 트럭 사겠어.

네가 그래서 돈이 없는 거야. 대대로 부자였던 사람들은 재산을 위협하는 사람들에게서 재산을 지키는 데 온 에너지를 쏟아붓거든.

…근데 숄은 나도 동감.

타이시 부모님도 그래?

당연하지. 하지만 내가 위협적인 존재 같지 않으니까 그냥 두는 거야.

니나는 오래전에 결혼은 무의미하며 아이를 낳을 생각 또한 없다고 선언했다. 타이시는 이를 받아들였지만 그걸 자기 엄마에게 그대로 전하는 실수를 저질렀고, 그의 엄마는 니나를 잠깐 만나고 말 여자로 치부해도 된다는 의미로 받아들였다.

근데 우리 대표는 왜 안 그러지.

그야 반항아니까. 애가 다섯이면 최소 한 명은 떨어져 나가서 자기 스스로 명성을 쌓으려 할 거야.

맞는 말인 듯.

내가 부자였으면 로또 1등 당첨되고 1년 뒤에 파산하는 그런 사람이 됐을 거야.

너답다.

뭐래? 그래도 난 훌륭한 부자가 됐을 거거든? 빨리 인정해!

그래. 너는 훌륭한 부자가 됐을 거야, 시린.

역시 다정한 실비아. 자, 이제 니나, 너도 인정해.

어림없지.

아 그냥 장단 좀 맞춰주라.

응, 싫어.

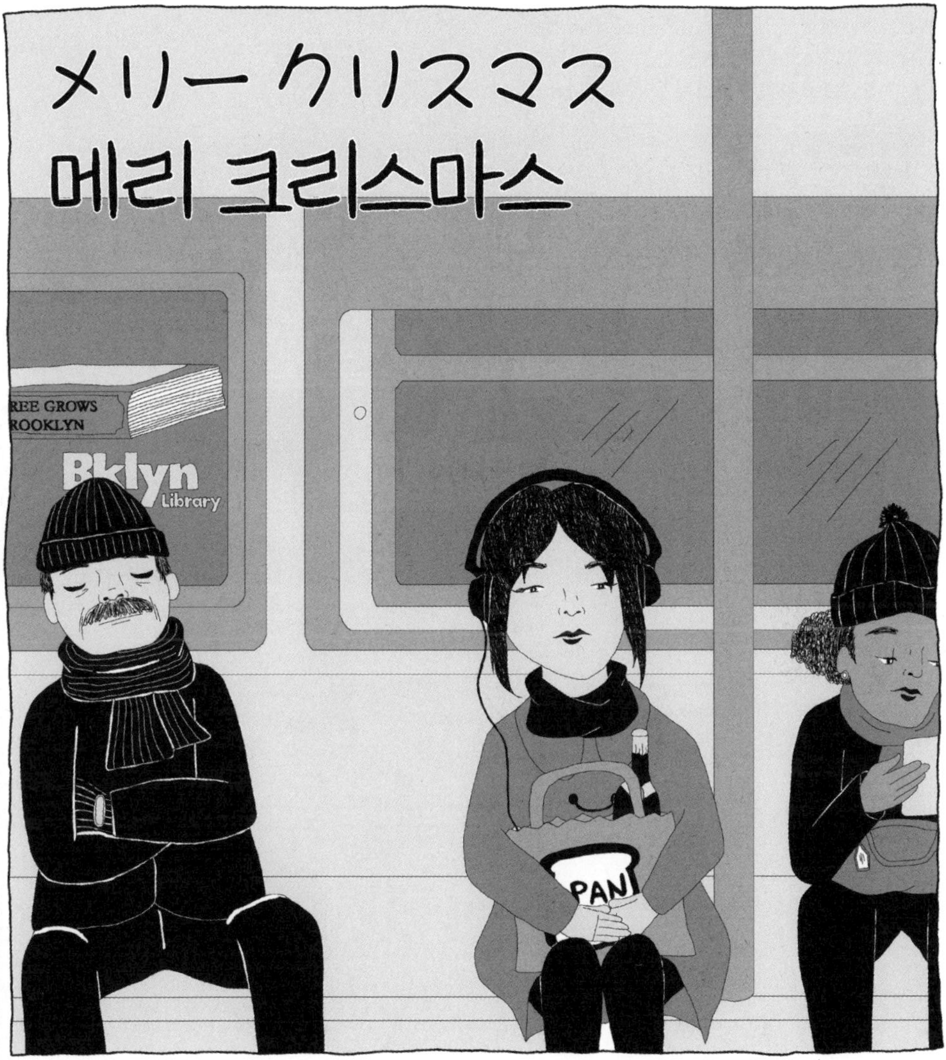

メリークリスマス
메리 크리스마스
REE GROWS
ROOKLYN
Bklyn
Library
PAN

연말을 앞두고 회사 종무식이 끝나자 시린과 실비아는 본가에 갔고 집엔 니나 혼자 남았다. 크리스마스 전날, 니나는 좋아하는 릴로 카일리의 노래를 고래고래 부르며 집요하게 집 청소를 했다.

♪♫ Let's not forget ourselves, Good friend.

I am flawed if I'm not freeee ♪

♪ <Does He Love You?> - 릴로 카일리 (2004)

타이시의 부모님이 뉴욕에 도착한 걸 알았기에 같이 저녁을 먹자고 했지만 타이시는 두 분이 시차 때문에 힘들어한다고 했다. 그들이 자신을 못마땅해한다는 걸 알기에 타이시의 핑계를 그냥 모르는 척했다.

미안, 엄마가 피곤해서 약 먹고 곧장 눕고 싶으시대.

얼른 가자, 타이시. 아빠가 어렵게 구한 로켓츠 크리스마스 공연 티켓이야.

니나는 타이시의 부모님 앞에서 완벽한 일본어를 구사하며 극진히 모셨지만 그들은 며느리로 삼기에 니나가 너무 미국적인 여자라고 생각하는 듯했다.

타이시의 엄마가 세운 아들의 10년 계획

연봉 높고 안정적인 회사에 취직

회사에서 미래의 신붓감을 만남

결혼하면 아내는 일을 그만둠

무통 마취

아이 셋을 낳음 (이왕이면 아들 둘, 조용한 딸 하나)

타이시는 먼 훗날 니나가 가족 없이 맞춤 재킷만 옷장 가득 남기고 세상을 떠났다는 소식을 전해 들음

크리스마스 아침에서야 니나는 타이시 부모님과 함께 브런치를 먹기 위해 콜럼버스 서클로 갔다.

타이시가 호텔 로비에서 기다리고 있었다.

엄마가 아직 피로가 덜 풀렸어. 짜증을 부리더라도 이해해줘.

나를 만나고 싶어 하시는 건 맞고?

당연하지. 엄마가 너를 왜 안 좋아하겠어.

그때 아쿠아 스피닝 수업에서 나 버리고 가셨던 거 잊었어?

거휴, 그건 엄마가 사과하셨잖아.

니나는 캐럴린이 받아서 넘긴 큼직한 모엣 샹동과 팡야 베이커리의 케이크를 선물로 들고 갔다.

팡야의 딸기 초콜릿은 세 친구의 축하 파티 때마다 등장하는 공식 케이크였다.

지금까지 이 케이크가 동원됐던 파티

졸업식, 집 계약 성사, 시린과 프리야의 결별

PAN YA

그 섬세한 프로스팅과 위에 앙증맞게 놓인 딸기는 볼 때마다 감탄이 절로 나왔다. 먹기 아까울 정도였다.

니나는 선물부터 건넸다. 이토 부인은 예쁜 디자인과 깔끔한 포장을 좋아하는 인테리어 디자이너답게 마음에 들어하는 듯했다.

メリークリスマス、伊藤夫妻
(즐거운 크리스마스 보내세요)

PAN YA

덕분에 니나는 긴장이 풀렸고 식사 자리는 생각보다 분위기가 좋았다. 대화는 타이시와 그의 일 위주로 이어졌다.

상사가 저더러 아주 잘하고 있대요.

그가 부탁한 대로 조카 졸업 파티에 같이 가주면 4분기 연봉 인상 폭도 훨씬 늘어날 거예요.

그래. 뭐든 해야지.

네 일은 어떠니, 니나? 편집자라고 타이시한테 들었다만.

정확히는 편집 어시스턴트인데, 곧 승진할 거예요.

맞아요, 니나가 요즘 야근해가며 그 기획안에 계속 매달리고 있어요.

기획안을 하나 준비 중이에요. 아주 엄청난 작가가 있거든요.

어시가 야근을? 일하는 만큼 받긴 하는 거지?

그럼요. 업계 평균 이상이지요.

네 야망을 존경한다, 니나!

아, 순진한 청춘이여….

"…나도 어시로 일을 시작했지만 성실이 항상 성과로 이어지지는 않는다는 건 일찌감치 알아차렸지. 열심히 일해봐야 아무도 알아주지 않거나 당연시되기 마련이거든. 인간은 인간인지라. 다 자기가 좋아하는 사람을 돕게 되어 있어. 아는 사람 말이지."

이토 부인은 일본 미인 대회 중 가장 역사가 긴 미스 일본에서 1위를 하고 22살에 사회생활을 시작했다가 24살에 은퇴했다.

아버지 골프 친구 소개로 타이시가 미쓰비시에 들어갔으니 물론 잘 알고 있다고 말하고 싶었지만 니나는 참았다.

세상이 공평하다면 열심히 일하는 어시들이 마땅한 보상을 받아야겠지만 그렇지가 않잖니.

그러니까 모든 에너지를 회사에 쏟아부으면 안 돼. 그래 봤자 남는 게 없거든. 물론 월급이야 받겠지만 더 가치 있는 건 남기지 못하잖니?

잠자코 고개만 끄덕였다. 니나는 이토 부인과 공통점이 많았다. 부인이 니나를 제대로 굶는 방법을 아는 이유도 어쩌면 그 때문이었다.

어렸을 때 화를 못 참는 니나를 보고 부모님은 '분노한 새끼 하마'라고 불렀다. 어른이 되면서 감정을 조절할 수 있게 됐지만 피에 굶주린 하마는 니나 안에 여전히 남아 있었다.

이토 부인에게 쏘아붙이려던 니나는 발작하듯 폭발하지 말고 조금씩 분노를 흘려보내라던 상담사의 조언을 떠올렸다.

식사 맛있게 잘 먹었습니다, 어머님, 아버님…

…그런데 오후에 친구랑 약속이 있어서요.

연말연시 잘 보내세요.

분노를 잠재우기 위해, 아직 건드리지 않은 케이크를 들고 일어났다.

그거 우리 주려는….

아닌데요.

PAN YA

배웅하려는 타이시를 뿌리치고 케이크를 트로피처럼 들고 호텔에서 나왔다. 지하철역에 다다르니 타이시에게서 부재중 전화 2통이 와 있었다. 휴대폰을 무음으로 하고 열차를 기다렸다.

할렘에서 내린 다음에서야 니나는 다시 휴대폰을 확인했다.

타이시는 엄마와 니나 사이에서 일일이 대응하지 않는 법을 알고 있었다.

니나는 휴대폰을 주머니에 쑤셔 넣고 웰스프링으로 갔다. 1층 커뮤니티 룸에서는 파티가 열리고 있었다. 거기에 베로니카가 있을 리 없었다.

여러분, 〈러브 액츄얼리〉가 곧 시작됩니다!

난 그 콜린 퍼스 정말 좋더라!

…계세요?

니나! 크리스마스의 기적이네요. 다들 본가에 간 줄 알았는데.

원래는 타이시 부모님이랑 시간을 보내기로 했는데, 아무래도 저는 선생님이랑 같이 있고 싶어서요.

그 맘 알아요. 나도 1층 커뮤니티 룸에서 10분은 버텨보려고 했거든. 정말로. 근데 내가 옛날 엘비스 노래에 정신이 팔려 있는 걸 보니 정말 지쳤구나 싶더군요.

니나는 휴대폰으로 엘라 피츠제럴드 노래를 틀어 크리스마스 분위기를 냈다. 베로니카는 여전히 약해 보였지만 요양원에서 신경을 써준 덕분에 잘 챙겨 먹으며 거의 예전의 모습으로 돌아갔다.

카네기 홀에서 엘라 피츠제럴드 공연 본 적 있어요. 같은 동네 살던 조가 플뤼겔호른 연주자와 아는 사이라 표를 얻어줬거든요.

조는 내 편집자 폴라에게 반해서 그를 데려오길 바랐지만 나는 정육점 하는 한국인 동료를 데려갔죠. 불고기의 힘을 얕봐서는 안 된다니까.

니나는 남자 친구 부모님을 좋아하지 않나 봐요?

그분들이 저를 좋아하지 않거든요. 특히 어머님은요. 제가 일에 너무 집중해서 싫대요.

하지만 저는 겨우 스물셋이고 여긴 뉴욕이잖아요. 저는 결혼하거나 아이를 가질 생각이 없어요. 아직은, 어쩌면 영원히.

늙은이가 이런 소리 하면 듣기 싫겠지만 난 거의 백 살 이니까 괜찮겠죠? 니나, 그 생각은 바뀔 수 있어요.

안 바뀌면 할렐루야죠. 독신녀 클럽의 문은 언제나 활짝 열려 있어요. 그리고 바뀌더라도 문제없어요, 스물세 살은 어려도 한참 어리니까.

서른 이전에 결혼하는 건 법으로 금지해야 한다고 봐요.

선생님은 여성, 그것도 유색 인종 여성은 책을 내기 힘들던 시절에 혼자서 해내셨잖아요. 시장 반응이나 수입은 개나 주라며 쓰고 싶은 책을 쓰셨고요.

제가 선생님 책을 간절히 내고 싶은 이유가 그래서예요. 선생님을 진심으로 믿거든요.

니나는 매 순간 비즈니스 마인드로군요.

아이, 그런 건 아니고요….

베로니카는 말했다. "고마워요. 내놓자마자 할인 코너로 넘어간 그 작품들을 썼을 때 니나가 옆에 있었더라면 좋았을 텐데. 당시 편집자하고 에이전트는 최선을 다했지만 어떤 사람들이 내 책을 읽고 싶어 할지 명확히 파악하질 못했거든요."

베로니카 보의 독자층

오지랖 넓은 이웃들

1981년경 아시아계 미국인 주부

아시아계 이민 문학 대학원생

저는 알 것 같아요. 범아시아 학생 연맹 졸업생 페이스북을 통해서 에이전트를 만났는데 재출간 작업을 한 적 있대요. 선생님 일을 맡을 수 있다면 기뻐할 거예요.

그리고 조만간 에이미 어다멕이랑 술 마시기로 했거든요. 여성 작가들 작품을 재출간하는 클리오라는 임프린트에서 일하는 편집자예요.

세상에, 계획을 다 세워놓은 거예요?

우선 에이전트 릴라부터 같이 만나보는 거 어때요? 보고 괜찮으시면 그때 가서 본격적으로 논의해보는 걸로요.

만나는 거야 환영이지만,

그 이상은 생각해볼게요.

다른 책들도 좀 더 알리고 싶지 않으세요? 그 당시 수많은 편집자와 작가를 만나셨잖아요. 그들이 선생님 작품을 등한시한 게 속상하지 않으셨어요?

내가 그 사람들을 만난 건 하루 종일 집에서 타자기만 두드릴 나를 위해서였어요.

"작가라면 나가서 사람들과 어울리고 인맥도 넓혀야 하는데 알다시피 나는 그런 성격이 아니라서요. 새로운 걸 시도하고 불편함을 감수하는 청춘의 특권을 누리려 한 거죠."

이늡스, 1978년

"그리고 그 시절에 훌륭한 단편도 몇 개 썼고 대필도 했어요."

그 시절이 그리우세요?

그리운 순간도 있죠. 저녁이 시작되는 순간, 뭔가 짜릿한 일이 벌어질 것 같은 예감을 안고 빳빳한 옷을 걸치던 때는 그리워요.

나가서 도시를 경험해야 청춘의 의무를 다하는 것처럼 느껴지던 순간도 있었죠.

"하지만 어느 정도 시간이 지나면 자신을 파악하기 마련이고 결국에는 집에서 혼자 와인에 케이크를 먹는 편이 낫다는 걸 알게 돼요."

저도 그 경지에 다다르고 싶어요.

다다를 수 있을 거예요.

오히려 불도저로 밀어서 그 길을 스스로 만들어낼 것 같은데요?

이브를 처음 만나던 날, 유독 일찍 출근한 실비아는 사무실로 들어서면서 불길한 소리를 들었다.

오마이갓! 이 노래 지이인짜 좋아요!!

♫ And so I cry sometimes
When I'm lying in bed.
Just to get it all out
What's in my head ♪

이거 내 테마곡이야.

♪ <What's Up> - 포 논 블론즈 (1992)

실비아! 어서 와! 이쪽은 이브!

안녕, 실비.

이제 다 모였으니까 인사 나눠요.

놀랍게도 이브는 출근 첫날, 분위기를 완전히 장악했다. 니나급이었다. 그리고 한 시간 만에 이런 제안들을 했다.

홈페이지 리뉴얼해요!

제대로 된 사무실을 얻어요!

분기별로 최소 두 권은 출간해요!

배본 업체를 바꿔요!

데브가 황홀해하며 모든 제안에 고개를 끄덕였다.

실비아는 그럴 만한 자금이 있는지부터가 곧장 궁금해졌다. 여기선 예산 걱정 따위 할 필요가 없다는 걸 이제 알 때가 됐는데도, 세일과 쿠폰 없이는 가게에 들어가지 않는 6남매 출신 실비아에겐 그런 사고방식이 쉽사리 적응되지 않았다. 데브가 사는 세상은 볼 때마다 그저 놀라울 따름이었다.

이브는 실비아를 따로 불러 '간략 보고'를 들었다.

사장님한테 듣기론 여기서
일한 지 몇 개월 됐다며?

이 일 사랑해?

음….

사랑은 어려운 단어였다. 실비아는 오후에 자유
롭게 글을 쓸 수 있는 것도 사랑했고, 베이비시터
일을 그만둔 것도, 월급으로 가끔 소소하게 사치
를 부릴 수 있는 것도 사랑했다.

월급으로 지른 실비아의
충동구매 리스트

캣버드 로켓 목걸이
$177

공차 밀크티
$4.25

이디스 워튼 책
(가죽 장정본)
$279

앤트로폴로지 향초
$34

카렌다쉬 펜
$175

하지만 그것 말고는 특별히 사랑할 건 없었다.

일하기는 괜찮아요.

앞으로 편집 업무는
늘리고 관리 업무는
줄일 생각이라고?

아마도요. 저는 글
쓰는 거 좋아해서요.

아아아아.
작가구나.

이쪽 업계에는
작가가 진짜 많네.

헬스 트레이너 같은 거
아니겠어? 선수가 못 되니
가르치고. 메릴린 로빈슨이
못 되니 출판사에서 일하고.

실비아는 이렇게 받아치고 싶었지만

내가 메릴린 로빈슨은 못 돼도 널 길리아드*로 끌고 갈 수는 있다, 개년아.

이 말밖에 하지 못했다.

아.

*메릴린 로빈슨의 대표작 제목으로 작품의 배경이 되는 소도시 이름

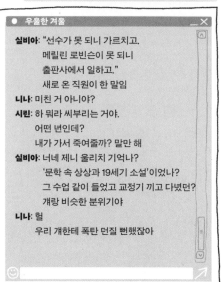

● 우울한 겨울   _ ×

실비아: "선수가 못 되니 가르치고.
　　　메릴린 로빈슨이 못 되니
　　　출판사에서 일하고."
　　　새로 온 직원이 한 말임
니나: 미친 거 아니야?
시린: 하 뭐라 씨부리는 거야.
　　　어떤 년인데?
　　　내가 가서 죽여줄까? 말만 해
실비아: 너네 제니 올리치 기억나?
　　　'문학 속 상상과 19세기 소설'이었나?
　　　그 수업 같이 들었고 교정기 끼고 다녔던?
　　　걔랑 비슷한 분위기야
니나: 헐
　　　우리 걔한테 폭탄 던질 뻔했잖아

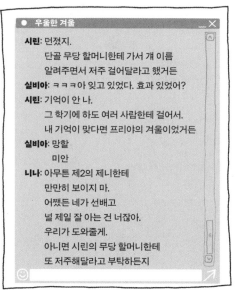

● 우울한 겨울   _ ×

시린: 던졌지.
　　　단골 무당 할머니한테 가서 걔 이름
　　　알려주면서 저주 걸어달라고 했거든
실비아: ㅋㅋㅋ아 잊고 있었다. 효과 있었어?
시린: 기억이 안 나.
　　　그 학기에 하도 여러 사람한테 걸어서.
　　　내 기억이 맞다면 프리야의 겨울이었거든
실비아: 망할
　　　미안
니나: 아무튼 제2의 제니한테
　　　만만히 보이지 마.
　　　어쨌든 네가 선배고
　　　널 제일 잘 아는 건 너잖아.
　　　우리가 도와줄게.
　　　아니면 시린의 무당 할머니한테
　　　또 저주해달라고 부탁하든지

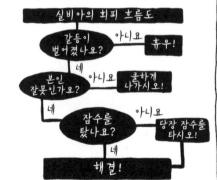

이런 자신이 싫어질 때도 있었다. 사람들에게 늘 소극적이라고 오해받기 일쑤였지만 자기 얘기도 잘 못 하는 하찮은 인간 취급을 받고 싶진 않았다.

저기요오오!!!

웰스프링에 도착하자 데스크 직원이 베로니카가 식당에서 다른 환자들과 저녁을 먹는 중이라고 알려주었다. 막상 가보니 그는 창가 옆 테이블에 혼자 앉아 있었다.

같이 앉아도 될까요?

실비아, 어서 와요.

이거 좀 먹을래요? 틀니 낀 사람들도 먹기 좋게 푹신하고 물컹해요.

불쑥 찾아와서 죄송하지만 음… 허락도 없이 빌린 물건을 돌려드리고 싶어서요.

어쩌다 보니 제가… 다 읽었어요. 기분 상하셨다면 죄송해요.

이 나이에 비밀이 어딨다고. 게다가 이건 그동안 읽은 책을 적어놓은 것에 불과해요.

이걸 쓰시기 시작한 계기가 있나요?

나도 작가이기 전에 독자니까. 작품을 쓰는 동안 남의 글이 머릿속에 들어오는 게 싫어서 책을 읽지 않는다는 작가들도 있더라고요.

내가 보기에 그건 진짜 아니거든. 그래서 나는 지금도 계속 읽어요.

뭘 읽는지 기록해놓는 게 좋고, 그때 내가 어떤 상태였고 어떤 이유에서 그 책을 집어 들었는지 기억하고 싶어요.

선생님은 혹시… 작가가 된 걸 후회하신 적도 있나요?

당연하죠. 사람 미치게 하는 일인걸.

아무 말이나 막 적어 내려갔다가 머리를 쥐어뜯고 싶은 날의 연속이죠. 그런 날을 몇 개월은 겪어야 내가 천재처럼 느껴지는 그 찰나의 순간을 만끽할 수 있고요. 가성비가 아주 안 좋아요.

그나저나 나도 실비아 글을 보고 싶은데.

그게… 아직 초초초고라, 아무한테도 보여주지 못했어요. 퇴고를 두 번은 더 해야 평가를 받을 수 있어요.

지금까지 쓴 거 들고 와봐요. 내가 점수 후하게 줄게요.

그 말에 실비아는 집으로 돌아가는 지하철에서 휴대폰으로 원고를 편집하기 시작했다.

144

니나는 콜드브루로 온몸에 카페인을 채우며 메일함을 여는 것으로 한 주를 시작했다.

니나의 월요일 아침 루틴
- 콜드브루를 마신다.
- 한 주간 해야 할 일을 적는다.
- 받은메일함을 정리한다.
- 군살이 삐져나오지 않게 화장실에 가서 스타킹을 브래지어 아래까지 올려 신는다.

낯선 이메일 제목을 보고 니나의 눈이 동그래졌다.

보낸 사람: 인사과

받는 사람: 러셀 서배스천 뉴욕 지사

제목: 매기 리어슨

몇 달 전에 참석했던 네트워킹 행사장에서 들은 기억이 있는 이름이었다(출판계 젊은 여성 모임이었나? 젊은 캘리포니아 출신 미디어 종사자 브런치 모임이었나?).

보낸 사람: 인사과
받는 사람: 러셀 서배스천 뉴욕 지사
제목: 매기 리어슨

매기 리어슨이 토요일 밤에 세상을 떠났다는 슬픈 소식을 전합니다. 우리 라이트하우스북스 임프린트에서 미술 감독 어시스턴트로 2년 동안 매우 성실히 근무한 매기를 추모하며, 장례식 관련 안내는 이사벨 퍼킨스에게 이메일로 문의해주시기 바랍니다.

충격으로 심리상담이 필요한 분은 언제든 인사과의 임직원 지원 서비스로 연락주시기 바랍니다. 근무시간 내 4층에서 트라우마 상담 전문가에게 상담을 받을 수 있습니다.

이메일을 다 읽고 나자 퍼뜩 떠올랐다. 윌리엄스버그의 술집에서 매기 리어슨을 만났던 기억이.

출판계 비동부 여성 모임이었다. 매기는 일도 재미없고 연봉도 짜다며 투덜거렸다. 어시들 사이에서 흔히 나오는 불만이었다.

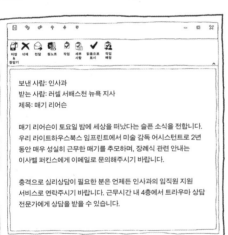

상사가 점심시간에 술이 떡이 돼서 기절해 있으면 내가 오후 미팅을 전부 커버해야 해요.

그레이든 카터랑 통화 중이라고 뻥 치면서 말이죠.

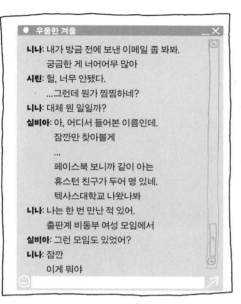

우울한 겨울

니나: 내가 방금 전에 보낸 이메일 좀 봐봐.
궁금한 게 너어어무 많아
시린: 헐, 너무 안됐다.
...그런데 뭔가 찜찜하네?
니나: 대체 뭔 일일까?
실비아: 아, 어디서 들어본 이름인데.
잠깐만 찾아볼게
...
페이스북 보니까 같이 아는
휴스턴 친구가 두어 명 있네.
텍사스대학교 나왔나봐
니나: 나는 한 번 만난 적 있어.
출판계 비동부 여성 모임에서
실비아: 그런 모임도 있었어?
니나: 잠깐
이게 뭐야

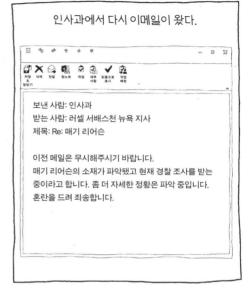

인사과에서 다시 이메일이 왔다.

보낸 사람: 인사과
받는 사람: 러셀 서배스천 뉴욕 지사
제목: Re: 매기 리어슨

이전 메일은 무시해주시기 바랍니다.
매기 리어슨의 소재가 파악됐고 현재 경찰 조사를 받는
중이라고 합니다. 좀 더 자세한 정황은 파악 중입니다.
혼란을 드려 죄송합니다.

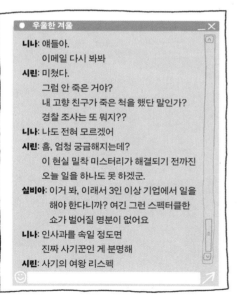

우울한 겨울

니나: 얘들아.
이메일 다시 봐봐
시린: 미쳤다.
그럼 안 죽은 거야?
내 고향 친구가 죽은 척을 했단 말인가?
경찰 조사는 또 뭐지??
니나: 나도 전혀 모르겠어
시린: 흠, 엄청 궁금해지는데?
이 현실 밀착 미스터리가 해결되기 전까진
오늘 일을 하나도 못 하겠군.
실비아: 이거 봐, 이래서 3인 이상 기업에서 일을
해야 한다니까? 여긴 그런 스펙터클한
쇼가 벌어질 명분이 없어요
니나: 인사과를 속일 정도면
진짜 사기꾼인 게 분명해
시린: 사기의 여왕 리스펙

인사과에서는 그 뒤로 메일을 더 보내지 않았다.
니나는 종일 동료들이 주고받는 얘기를 주워들으
며 머릿속으로 상황을 정리해보기 시작했다.

예전에 고아원에
보낼 책을
기증받는다면서
어린이 팀 책을
쓸고 가는 걸 본
적 있거든.

확실히
똘끼가
있네.

일주일 뒤에 보니까
그 책이 죄다 스트랜드
서점에 있지 뭐야.

라이트하우스에서 같이 일하던 매기의 상사는 북 디자인으로 수없이 상을 받으며, 톰 브라운 양복으로 옷장을 가득 채운 레지널드 폭스라는 유명 미술 감독이었다.

폭스의 도시 전설 1
미니멀리즘과 장식 위주 디자인 사이에서 논쟁을 벌이다 리처드 헬과 치고받으며 싸운 적이 있다.

폭스의 도시 전설 3
1979년 일식 때 해를 뚫어져라 봤다가 눈이 나빠져서 선글라스를 벗지 못한다.

폭스의 도시 전설 2
해마다 어마어마한 돈을 받고 체이스 은행의 퍼레이드 차량을 조용히 디자인한다.

폭스는 회사의 전설답게 아무런 간섭을 받지 않았고 출근도 거의 하지 않았다. 그의 기상천외한 표지는 기상천외한 소재와 사진이 수반될 때가 많았다.

니나가 기억하기로 그는 케네디 카펜터의 (대필) 자서전에서 미니 피그를 풀어놓고 펜트하우스에서 파티를 열었던 워홀의 뮤즈로 여러 번 언급됐었다.

폭스와 다른 직원들 사이의 소통 창구였던 매기는 머지않아 소홀히 관리되던 폭스의 회사카드로 주말여행과 스파를 예약했다.

가장 컸던 지출
칸쿤 일주일 여행

가장 사기꾼다운 지출
공과금 자동 결제

가장 이상한 지출
반려 이구아나를 위한 베라 왕 웨딩드레스(맞춤 제작)

가장 아픈 지출
사마귀 3개 제거 시술

스토위 스키 리조트와 식당에서 찍은 사진을 인스타그램에 올린 걸 보면 이 사기극에 동참한 동료들도 있는 모양이었다.

의혹이 증폭되고 있을 때, 매기가 인사과장에게 전화해 정신을 놓은 엄마 행세를 했다.

여, 여보세요…? 그 회사에 다니는 매, 매, 매기 리어슨의 엄마인데요, 우리 딸아이가 어제 밤늦게 끔찍한 교통사고를 당해서… 아약!! 우리 딸!! 우리 딸이 죽었어요. 저세상 사람이 됐다고요. 대체 왜, 하느님, 왜요??

전 직원이 숙덕거리고 수군대는 동안 니나는 다른 부분에 집중했다. 매기와 함께 잘린 라이트하우스의 직원이 여럿 있었던 것이다.

맙소사. 그 팀 전체를 잘라야 하나 봐요. 칸쿤 여행을 다 같이 갔대요.

인사과

리조트 회원권을 받는 대가로 이 모든 사태를 눈감아준 총무과 완다도 잊으면 안 돼요….

니나는 매기의 거미줄에 걸려든 직원들의 신원을 파악했고 그 중 한 명으로 레이더망을 좁혔다.

Linked in

재닛 영
보조 편집자,
라이트하우스북스
(러셀 서배스천 임프린트)
뉴욕주, 뉴욕 | 출판사

현재: 보조 편집자, 라이트하우스북스
이력: 편집 어시스턴트, 라이트하우스북스
편집부 인턴, B-Z걸출판사

작전이 확실해지자 니나는 그날 밤늦게까지 회사에 남아 이력서와 자기소개서를 작성했다.

현재 배경 음악
〈반지의 제왕: 두 개의 탑〉
OST 중 〈헬름 협곡〉

shirinpocalypse
Paris, France

팔로잉

Bienvenue à Paris
파리에 오신 것을 환영합니다

❤️ 💬 ✉️ 🔖

좋아요 52개
Shirinpocalypse 베이비의 첫 출장!
#러셔리주말여행 #이면좋겠다

시린의 집

- 스웨터, 청바지 각 세 벌
- 팬티, 양말
- 편안한 브래지어
- 섹시한 브래지어(하!)
- 블링크182 잠옷 셔츠
- 세면 도구
- 베로니카 책 3권
- 공책(하하!)

조앤 디디온의 책
『화이트 앨범』에서 본 목록
살짝 바꿔봄

Arrivals   rrivées / Arrivals

그날 아침, 파리에 도착한 시린은 피곤했고 기내식 양이 적어 배가 고팠다. 전날에 베로니카를 찾아가 벼락치기로 프랑스어를 배웠는데, 베로니카가 헤어지며 이런 조언을 남겼다. "'봉주르'랑 '메르시'만 기억하면 돼요. 그리고 너무 활짝 웃지 말아요. 거기 사람들은 그러면 무서워해요."

시린은 이 도시의 매력, 지하철이 뉴욕보다 얼마나 더 깨끗한지 눈에 담으려고 했지만 머리가 완전히 멈춰버린 것 같았다.

LUXEMBOURG

← SORTIE   SORTIE →

잠을… 좀…
자야… 겠어…

회사에서 잡아준 학생 호스텔을 찾아가는 동안 게슴츠레한 눈으로 주변의 이국적인 풍경을 눈에 담았다.

자판기에 있던
특이한 유럽 과자

MONSTER
MUNCH
GOOT
KETCHUP

Levi's

똑같이 생긴 리바이스
후드티를 입은 10대들

바게트를 들고
걸어가는
프랑스 사람들

SECCO

클립보드를 들고
관광객의 지갑을
터는 아이들

시린은 해외여행을 딱 두 번 가봤다. 두 번 다 엄마와 함께 필리핀이었고 한 번은 갓난아기 때, 또 한 번은 10대 사춘기 시절이었다. 이렇게 파리로 출장 와서 어느 쪽으로 걸어야 하는지 헷갈려하고 있다니 꿈만 같았다.

HOUP-LÀ(이크)!

익스퀴즈… 아, 아니다. 엑스퀴즈-므와, 이거 맞나?

호스텔(인사과에서 보낸 일정표에 따르면 여기 이름은 "젊은 여행객을 위한 집"이었다)에 짐을 던지고 마셸랭대학교 출판부 부스를 지키러 곧장 AEHS 학회장으로 갔다.

MASSELIN
NIVERSIT
PRE

"드디어, 순치제 연구서 완결판 출간"

"주나라 연구가들의 필독서"

MASSELIN
UNIVERSITY
— PRESS —

공짜 에스프레소로 시차를 극복하고 약간 맛이 간 자동응답기로 변신했다.

학자 여러분 환영합니다! 저희 출판사는 여러분께 필요한 모든 책을 출간합니다! 진짜로 모든 책을요!

이번에 새롭게 출간된 요나와 논문은 여러분의 인생을 바꾸어놓을 거예요!

어, 심장질환이 생기면 어떤 느낌인지 아시는 분?

당연히 금세 나가떨어졌다. 가끔 누가 프랑스어로 말을 걸어도 한참이 지난 다음에서야 한마디도 알아듣지 못했다는 걸 깨달았다.

Voudrais-je devenir le principal expert de la Mandchourie? Bien sûr! Mais c'est pas si simple…

네네. 40유로예요.

엘렌은 왔다 갔다 하며 미팅에 참석하고 속사포 같은 프랑스어로 사람들과 대화했다. 잠깐 부스에 들를 틈도 없었다.

미팅 다 끝나면 테라스에서 같이 저녁 먹자.

그때까지는 파리를 즐겨! 다른 쥔 팜므(젊은 여자)들이랑 어울려 놀기도 하고!

파리에 아는 사람이 없는 시린은 부스가 조금 잠잠해졌을 때 '파리에서 가야 할 곳'을 검색해보았다. 파리에 대해 아는 정보라고는 1999년에 메리 케이트 올슨과 애슐리 올슨이 출연한 영화 〈패스포트 투 파리〉에서 본 게 전부였다.

파리에서 가야 할 곳 ›
- 라 상멜레
- 비올레트 서점
- 슈퍼소닉
- 크로코디스크
- 마르셰 오 퓌스 드 생 투앙
- 르 실랑스 드 라 뤼
- 질베르 조제프
- 샌프란시스코 서점

학회에서 시간이 나면 읽으려고 베로니카의 작품 중에 유일하게 파리가 배경인 『유모』를 들고 왔다. 일 생 루이에서 트위라는 젊은 주인공이 바깥세상에는 아무런 관심도 없이 흥청망청 생활하는 부잣집 두 아이를 지켜본 관찰기였다. 파리에서 읽기 딱인 우울한 소설이었다.

유모

베로니카 보

시린은 그 책에 푹 빠지는 바람에 지하철을 타고 호스텔로 돌아가다 몇 정거장을 더 가고 말았다.

시린이 정거장을 놓치는 데 한몫한 공상들
- 『마담 보바리』의 결말
- 프란츠 퍼디난드가 커버한 〈All My Friends〉
- 프리아의 여름 중 최악의 말다툼
- 나이 지긋한 어느 버스커가 부른 〈Moon River〉
- 수잔 최의 소설 『나의 교육My Education』속 정사 장면

호스텔로 걸어가다가 들른 슈퍼에서 초코바를 하나 샀다. 순전히 사진을 찍어서 친구들에게 보여주기 위해서였다.

여긴 진짜 희한하다니까….

이렇게 첫날 일정이 끝났다. 시린은 모르는 세 여자와 한 방에서 이층 침대를 썼지만 한 번도 깨지 않고 단잠을 잤다.

…얘 맥박 체크해봐야 되는 거 아냐?

어렸을 때부터 파리에서 살고 싶었는데 드디어 오다니 믿기지가 않아!

여기 있는 동안 일 분, 일 초도 허투루 쓰지 않겠어!

다음 날 호스텔에서 주는 빈약한 프랑스식 아침을 본 시린은 '나무꾼 스타일'의 미국식 아침을 판다는 식당까지 몇 블록을 걸어갔다.

프랑스식 아침

미국식 아침

팬케이크 두 장을 해치우고 났더니 그제야 인간으로 돌아온 것 같았다.

시린은 식당에 머물며 주변에 보이는 감각적인 덧문이 달린 창과, 화분이 놓인 복잡한 발코니를 감상했다. 모두가 그토록 열광하는 파리의 영화 같은 분위기를 처음 느낀 순간이었다.

DEJEUN
DINER
24H/7J

근처 테이블에 에든버러에서 온 배낭 여행객이 있었다.

우리는 오늘 몽생미셸 가는데 이따 저녁에 하이랜더 술집에서 만나는 거 어때요?

좋아요! 여기 와서 재밌는 경험도, 프랑스다운 경험도 못 하고 있었는데 잘됐다.

스코틀랜드 사람들이랑 노는 게 프랑스다운 경험인지는 모르겠지만요….

실비아와 니나보다 여섯 시간을 먼저 살고 있다니 신기했다. 이렇게 새롭고 아름다운 도시에 있어도 친구들과 주기적으로 수다를 떨지 않으면 하루를 버티기 힘들었다.

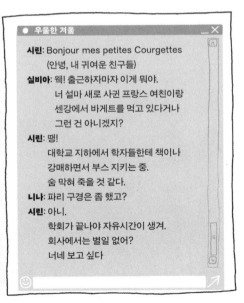

● 우울한 겨울 　　　　　　　　　　 _ □ X

시린: Bonjour mes petites Courgettes
(안녕, 내 귀여운 친구들)

실비아: 웩! 출근하자마자 이게 뭐야.
너 설마 새로 사귄 프랑스 여친이랑
센강에서 바게트를 먹고 있다거나
그런 건 아니겠지?

시린: 땡!
대학교 지하에서 학자들한테 책이나
강매하면서 부스 지키는 중.
숨 막혀 죽을 것 같다.

니나: 파리 구경은 좀 했고?

시린: 아니.
학회가 끝나야 자유시간이 생겨.
회사에서는 별일 없어?
너네 보고 싶다

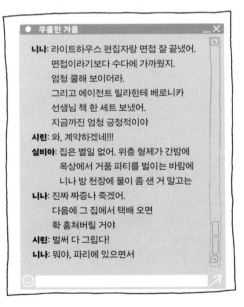

● 우울한 겨울 　　　　　　　　　　 _ □ X

니나: 라이트하우스 편집자랑 면접 잘 끝냈어.
면접이라기보다 수다에 가까웠지.
엄청 쿨해 보이더라.
그리고 에이전트 릴라한테 베로니카
선생님 책 한 세트 보냈어.
지금까진 엄청 긍정적이야

시린: 와, 계약하겠네!!!

실비아: 집은 별일 없어. 위층 형제가 간밤에
옥상에서 거품 파티를 벌이는 바람에
니나 방 천장에 물이 좀 샌 거 말고는

니나: 진짜 짜증나 죽겠어.
다음에 그 집에서 택배 오면
확 훔쳐버릴 거야

시린: 벌써 다 그립다!

니나: 뭐야, 파리에 있으면서

남은 학회 일정도 눈코 뜰 새 없이 지나갔다.
시린은 번번이 호스텔로 돌아가 기절했다.

마침내 쉬는 날이 찾아오자 시린은 아무 계획 없이 자갈길이 깔린 골목길을 이리저리 배회하며 조그만 상점을 들락거렸다. 상점 주인들은 대놓고 시린을 쳐다봤다.

춥고 우울한 파리에서 시린은 필리핀식 닭죽이 당겼다.

점심을 먹으러 초밥집에 갔지만 실망스럽게도 간장이 달달했다. 프랑스화 된 아시아 음식에 대한 엘렌의 말이 맞았는지도 몰랐다.

점심을 먹고 나서는 시린의 동네에 있어도 전혀 어색하지 않을 카페에서 커피를 한 잔 마셨다.

♪ <Love Will Tear Us Apart> - 조이 디비전 (1980)

『유모』를 다 읽고 베로니카에게 엽서를 썼다. 아마 직접 전달하게 되겠지만.

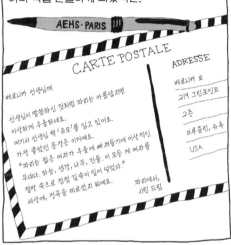

> AEHS · PARIS
>
> CARTE POSTALE
>
> 베로니카 선생님께
>
> 선생님이 말씀하신 것처럼 파리는 아름답지만 이상하게 우울하네요.
> 여기서 선생님 책 '유모'를 읽고 있어요.
> 가장 좋았던 문장은 이거에요.
> "파리는 젊은 여자가 우울에 빠져들기에 이상적인 무대다. 하늘, 센강, 나무, 건물. 이 모든 게 여자를
> 절망 속으로 점점 깊숙이 밀어 넣었다."
> 파리에서, 시린 드림
>
> ADRESSE
> 베로니카 보
> 그녀 그린포인트
> 그 층
> 브루클린, 뉴욕
> USA

그리고 지하철을 탔을 때는 기분 나쁜 두 남자 때문에 한 정거장 일찍 내렸다.

니 하오!!

파리에 와서 벌써 세 번째로 겪는 "니 하오" 사건이었다.

> 2:02 PM
> 3R
> 복도 걸스
>
> 파리는 진짜… 인종 차별적이야.
>
> 너희들 보고 싶다.
> 시린

가려고 마음먹은 한적한 장소도 많았지만, 시린은 관광객들 사이에 짓눌려가며 루브르박물관에서 남은 오후 시간을 보냈다.

18세기 장식미술관에 혼자 있을 공간이 있었다.

나 왜 이렇게 바보 같지.

…정말 바보 같아….

…뭐 그렇게 나쁠 것도 없는데…

…왜 이러지…

유난 떨지 말라고…

…진짜 그만.

그날 저녁 시린은 정신없는 술집에서 스코틀랜드 배낭여행객 새러와 그 친구들을 만났다.

시끄러운 음악, 땀범벅인 사람들, 무의미한 수다. 이 모든 게 시린을 더 침잠하게 만들었다.

니나와 실비아, 복도 집이 그리웠다. 예의상 한 시간 정도 버티다 나와 호스텔까지 혼자 걸어갔다.

2층 침대에 누워서 외국에서 보낸 마지막 날에 거둔 성과를 하나씩 짚어보았다.

멘붕 +1

크루아상 +2

변변찮았던 스시 +1

루브르박물관 +1

너무 딱딱했던 바게트 +0.5

다음 날 아침 일찍 공항에 도착했고 여행은 공식적으로 끝이 났다.

shirinpocalypse
루브르박물관   팔로잉

좋아요 0개
shirinpocalypse   au revoir, paris ♥♥

글쓰기는 빨래방에서

이브 같은 동료를 처음 겪는 건 아니었다. 아니, 이런 타입의 열정 꼰대라면 여럿 겪었다. 그들은 자신과 180도 다른 실비아의 업무 방식을 개인적인 모욕으로 받아들였다.

'아이디어 회의' 핑계로 회의 시간 독점

늙은 자기 치와와 사진을 보여주며 감탄을 강요

'보조' 직함이 달린 직원에게 '보조적' 업무로서 사무실 청소를 맡김

회의 땐 좋다면서 이메일로 뒤통수 때림

GIRL BOSS

#HUSTLE

실비아는 맡은 일에 최선을 다했지만 이브 같은 부류가 중요하게 여기는 긍정 확언이나 팀워크 훈련 같은 건 사양하고 싶었다.

실비아는 비슷한 환경에서 근무했었기에 이런 중간관리자들이 대개 의도는 좋지만 눈치 없는 백인이라는 걸, 또 그들은 모든 대화와 회의를 장악하며 나중에 따로 불러서 토 나오게 달달한 말투로 협조를 종용한다는 걸 알았다.

저기, 실비아아아. 어차피 나간 김에…

…편의점 잠깐 들러서 탄산수 좀 사다줄 수 있을까?

이브는 피곤한 상사의 최종판이었다. 차분하고 느긋하던 사무실 분위기는 이브가 온 뒤로 달라졌다. 실비아는 회사에서 더는 소설을 쓰지 않았고 연막용 엑셀 파일마저 진짜 엑셀 파일로 바꿔었다.

만세… 샐러드다.

점심 먹으면서 일할 거니까 제 최애인 민들레 샐러드 만들었어요!

사무실 또한 브루클린 시내의 공유 오피스로 이전했고, 실비아는 유리 칸막이로 나뉜 그 작은 사무 공간의 관리 직원이 되었다.

데브와 이브는 아침에 출근하면 실비아에게 차 한잔 끓여달라고 부탁했다. 실비아는 그런 부탁에 화를 내는 게 맞는 건지 혼란스러웠다.

하루는 이브가 회사에서 주최하는 조촐한 해피아워에 쓸 초록색 쿠프 샴페인 잔을 사 오라고 한 적이 있었다. 다른 잔으로는 안 되는 모양이었다.

견뎌야 하는 과정일지도 몰라…

화내지 말고 간식을 먹읍시다

…권력의 피라미드에서 내가 제일 바닥이니까.

너무 얇아!

너무 각졌어!

너무 평범해!

너무 난해해!

몇 시간 동안 검색해 펜 역을 미친 듯이 달린 끝에 몬트클레어에 있는 앤틱 유리 공방에서 겨우 비슷한 잔을 찾을 수 있었다.

하지만 빽빽한 뉴저지 환승 열차를 타고 뉴욕으로 돌아가던 길에 이브에게 연락이 왔다.

y'all

자기야아! 미리 알려주려고. '피시스 에디'에서 깜찍한 잔을 찾아서 그냥 그거 쓰려고. 잘 됐지? 그치?

MONTCLAIR GLASSWORKS

회사 일이 점점 더 재미없어지자 실비아는 퇴근 후에 소설을 쓰는 데 집중했다. 저녁을 먹고 나서 블록 끝에 있는 24시간 빨래방을 찾았다.

그 안에서는 와이파이가 잡히지 않았고 끊임없이 돌아가는 기계 소리, 시끄러운 텔레비전 소리, 두서없이 오가는 대화 소리가 좁고 시끄럽던 본가를 떠올리게 했다. 짧은 이야기와 팬픽으로 헬로키티 공책을 채우고 또 채우던 그 시절 그곳.

소음은 묘하게 도움이 됐다. 실비아는 힉스 스트리트의 그 병원과 그해 여름에 대해 쓰고 있었는데, 주위의 소음이 당시 기억에서 오는 불안을 잠재워줬다.

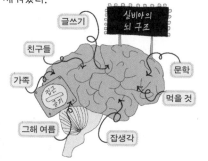

모든 걸 잊고 조잡하고 난해한 초고를 쓸 만하게 다듬어야 했다.

그러기엔 조용한 도서관이나 아늑한 작업실이 아니라 쓸데없는 생각을 모두 삼킬 수 있는 시끄러운 공공장소가 제격이었다.

♪이제는 우리가 헤어져야 할 시간∿ 다음에 또 만나요∿♪

시린이 파리에 가 있는 동안 실비아는 미완성 원고를 드디어 베로니카에게 보여주었다. 부커상 작가에게 초고를 보여주다니 어안이 벙벙했지만, 베로니카에게 단 한마디라도 칭찬을 들으면 자부심이 차오를 것 같았다.

아직 미완성이에요. 앞으로 몇 번은 더 다듬어야 해요.

얼른 줘봐요!

'그 병실?' 흥미진진한 제목이네요.

작품의 배경이거든요. 롱아일랜드 대학병원.

내 친구도 거기 입원했었는데. 벨뷰 병원처럼 끔찍하지는 않지만 호텔은 아니라고 하더군요.

맞아요. 그 병원 얘길 쓰지 않으면 평생 제 머릿속에 들러붙어 있을 것 같아서요. 어떻게 해서든 그걸 없애고 싶었어요, 이해하실지 모르겠지만요.

이해하고말고. 가장 훌륭한 셀프 살풀이가 이거예요. 글쓰기.

선생님도 글쓰기로 해소가 되셨어요?

당연하죠. 내 글에 관심을 보이는 사람이 아무도 없었을 때도 도움이 됐는걸. 실비아도 분명 그럴 거예요.

완벽하진 않지만 첫걸음을 뗀 것 같아요.

그거면 충분하죠.

베로니카는 침대 옆 테이블에서 두툼한 종이 뭉치를 꺼내서 건넸다.

읽을 거리를 받았으니까 나도 줄게요.

내가 요즘 쓰고 있는 원고예요.

소설이에요?

아뇨, 처음으로 써본 논픽션이에요.

정말 제… 의견이 궁금하시다고요?

그럼요. 혹평이라도 좋아요.

자서전은 자기만족의 산물인데 유혹을 견딜 수가 있어야 말이죠. 완성되려면 아직 멀어서 수정할 게 한둘이 아니에요.

다만…

아무한테도 보여주지 말아요. 특히 우리가 아는 멋지고 야심만만한 어느 젊은 편집자에게는.

너무 좋은 친구지만, 준비 안 된 원고를 누가 읽는 게 얼마나 싫은지…. 같은 작가로서 실비아는 이해할 거라 생각해요.

실비아는 두 친구에게 비밀이 거의 없었지만, 이건 브루클린 공립도서관 지하에서 스스로 한 것과 비슷한 약속이었다.

그럼요. 약속할게요.

니나가 라이트하우스 보조 편집자로 입사가 확정되자(인원 충원이 워낙 시급했기 때문에 면접 한 번으로 결정됐다) 세 친구는 당일 휴가를 내고 축하 파티를 열기로 했다.

대표님, 저 생리통이 너무 심해서 출근 못하겠어요. 집에서 몸에 좋은 향 피우고 안정을 취하려고요.

편집자님, 당일에 죄송하지만 집 배관에 문제가 생겨서요. 급한 일 있으면 메일 주세요. -니나

편집자님! 귀요미 시린이에요. 다름이 아니라… 제가 제일 좋아하던 삼촌이 돌아가셔서요….

셋은 7라인 지하철과 버스를 타고 스파 캐슬로 갔다. 그들은 이 한국식 찜질방에서 그동안 숱하게 생일 파티를 열었다.

스파 캐슬 이용 수칙
· 슬리퍼 챙겨올 것
· 어니언링 주문하지 말 것
· 팁은 넉넉히 줄 것
· 칵테일 두 잔 이상 마시면 입수하지 말 것
· 사우나 전후에 물을 충분히 마실 것
· 알몸의 아주머니들을 빤히 쳐다보지 말 것

목욕탕 밖에서는 '스파 캐슬'이라고 적힌 크고 헐렁한 티셔츠와 반바지를 입고 다녀야 했는데, 이들(특히 시린)은 이걸 재밌어했다.

얘들아, 스마일!!

옷을 다 벗어야 하는 목욕탕 안에서는 다양한 연령과 다양한 체형과 다양한 방식으로 불만이 많은 여성들의 알몸 향연이 펼쳐졌다.

세 친구는 미네랄 탕에 자리를 잡고, 서로 눈치를 보며 살금살금 탕과 사우나를 옮겨 다니는 여자들을 구경했다.

오길 잘했다.

여긴 딱 우리 취향이야. 바로 옆에 산더미 뷔페도 있고.

스파 캐슬 옆에 있는 산더미 뷔페에서는 이름에 걸맞게 온갖 아시아 음식을(어떨 때는 브라질의 슈하스쿠까지) 먹을 수 있었다. 그리고 위층에는 노래방이, 아래층에는 거대한 아시아 슈퍼마켓이 있었다. 세 친구에게 그곳은 지상의 낙원이었다.

이 뷔페 이용 수칙
- 자신의 한계를 파악할 것 특히 무제한 버블티
- 덕 바오 번과 솜사탕 담당 직원에게 짜증 내지 말 것
- 고무줄 바지 입고 올 것

우린 아직 '편집 보조자'인데 너는 '보조 편집자'잖아. 그 둘은 천지차이라고.

횡령한 직원이 잘린 기회를 잡은 거라 기분이 더럽긴 해.

무슨. 원하는 건 가지고야 마는 네 성격이 잡은 기회지.

그리고 누구처럼 사고치고 죽은 척하지 않은 덕이기도 하고.

나는 당장 승진할 가망은 없어 보여. 못 견디고 죽은 척하기 전에 새 일자리를 찾아봐야 하나 싶어.

내가? 가제본 발송밖에 안 하는데.

이브가 싫어도 꿋꿋이 버[티]데브는 너를 좋아하잖아[.]네가 회사의 기틀을 잡았[.]

정말 괜찮은 원고나 작가를 발굴해보는 건 어때? 아니면 에이전트를 몇 명 만나든지. 그럼 너의 진가를 증명할 수 있을 거[야.]

실비아는 새벽 5시까지 읽은 베로니카의 원고를 떠올렸다. 이미 아는 사이인데도 베로니카의 인생 이야기에 전율을 느꼈다. 미국으로 건너와 낮에는 사무실에서 힘들게 일하고, 밤에는 머지않아 평단의 찬사를 받게 될 소설을 쓰는 젊은 베트남 여자.

뉴욕 문단에서 보낸 시절을 묘사한 부분은 예리하면서 삐딱했고, 출판계를 폭로한 부분을 읽을 때는 업계를 뒤집어엎고 싶을 만큼 적나라했다.

베로니카의 원고를 읽고 나니 고조된 감정을 글로 표현하고 싶어졌다. 처음 느껴보는 기분이었다.

실비아는 베로니카에게 넘긴 이후로 계속 손보고 있던 원고를 좀 더 수정했다.

한 명 뿐이기는 해도 자신의 작품에 독자가 생겼다는 사실에 자존감이 충전되는 것 같았다.

실비아가 처음
작가를 자처한 때
2005년 자기
블로그 프로필

나는야
작가

다른 사람이 처음
작가라 불러준 때
지난해 집 계약서
쓸 때 니나가

다른 일자리를
찾아봐야겠어.

너는 나오지 마!

나와야 할 사람은 나야. 별 문제 없이
평탄한 회사를 이렇게 싫어하는 게
정상이니? 괴롭히는 사람도 없고
심지어 파리까지 보내줬는데.

나 요즘 도대체
왜 이러는 걸까?

니나와 실비아는 늘 후렴처럼 되풀이되는 그 말을 꺼냈다.

심리상담을 받아봐!

셋이 친구가 된 순간부터 둘은 시린에게 심리상담을 권했다. 물론 강요하면 안 된다는 걸 알기에 직접적인 말 대신 어쩌다 한 번씩 정신건강과 아시아인, 정신건강과 여성, 정신건강과 밀레니얼 세대를 다룬 기사를 보내주곤 했지만 그래서인지 시린은 피오나 응우옌과 예약을 잡았다는 얘기를 꺼내기가 왠지 부담스러웠다.

그냥 때려치워야 하나.

대책도 없이 그만두면 안 되지. 내가 알아봐줄게. 레크먼에 자리 났을지도 몰라.

그렇긴 한데 우리 전공이 그쪽 아니야?

그냥 출판사에서 일하기가 싫어. 아니, 사무실 자체가 싫다. 아니지, 8시간 동안 모니터를 들여다봐야 하는 곳은 다 싫어.

그니까. 젠장.

근데 나도 그래. 앞으로 40년 동안 이렇게 살아야 하는 거면… 진짜 토 나오잖아?

어휴, 우울한 소리 좀 그만해.

네가 운이 좋은 거야. 일을 사랑하잖아.

나도 일을 사랑하진 않아. 어떻게 일의 모든 부분을 사랑하겠어. 그냥 현실을 보는 거지. 일주일에 40시간 내내 마냥 행복할 수는 없어.

그건 맞지만… 그저 죽은 척하지 않아도 되는 직장을 찾고 싶을 뿐이야.

우리 가관이다. 편안한 사무직 셋에서 편안한 휴식을 즐기면서 이렇게 투덜대고 있다니.

부끄러운데 또 묘하게 자랑스럽단 말이지.

연봉이 (약간) 오르고 몇 주 지났을 때 니나가 타이시와 살림을 합치겠다는 끔찍한 선언을 했다.

왜 갑자기 드라마를 찍는 거야 너네? 택시로 10분 거리야!

배신자!

너 없이 우린 어떡하라고.

인생의 황금기를 같이 누리기로 해놓고!

월세의 반을 내겠다는 니나의 제안에 타이시가 동의했다. 고급 식료품 전문점에서 장을 보고 엄마가 사오는 비싼 제품들로 집을 꾸미는 비용까지 그동안 그가 혼자서 부담해왔기 때문이다.

어머님이 여기 인테리어를 다 하셨다고?

응, 내 디자인 감각은 재활용도 불가능하다면서 자기한테 맡기라고 하시더라고.

그린포인트에서 풀라스키 브리지만 건너면 바로 롱아일랜드 시티였지만 시린과 실비아는 이로써 셋의 우정은 끝났다고 확신했다.

♬On my own...
Pretending
he's beside me...♪

♪ ⟨On My Own⟩ - 뮤지컬 ⟨레 미제라블⟩ OST

하지만 화장실을 같이 쓰지만 않을 뿐, 그들의 우정은 예전과 달라진 게 없었다.

이 집에 오면 급이 확 올라가는 기분이야. 매주 헬스클럽 다니고 냉동 음식은 입에 대지도 않는 그런 사람으로.

맞아, 꼭 미술관에 사는 것 같다니까.

타이시이이이! 모찌 하나 더 먹을 수 있을까?

남자 친구와의 동거가 처음인 니나는 서로 조심하며 지내는 이 시기가 얼른 지나가고 편하게 본모습을 보여주는 시기가 오기만을 기다렸다.

뼈만 앙상한 이 어깨에서 무슨 수로 자라는 거야?

이제 옆으로 가서 누워도 되겠지?

니나는 아직 집에서 큰 볼일을 보지 않았고, 밤에 한국산 각질 제거 양말을 신고 속옷 바람으로 다이앤 레인이 나오는 영화를 보던 습관도 끊었다.

니나가 선정한 다이앤 레인 대표작
〈리틀 로맨스〉(1979)
〈투스카니의 태양〉(2003)
〈언페이스풀〉(2002)
〈아웃사이더〉(1983)
〈워크 온 더 문〉(1999)
〈비밀과 거짓말의 차이〉(2005)

몇 년이나 만났고, 댈러스 BBQ에서 칵테일을 마시고 길바닥에 토하는 흉측한 모습까지 보여준 사이인데 이게 뭐 하는 짓인가 싶긴 했다.

'니나' 콜라다
• 말리부 50ml
• 코코넛 아이스크림 100ml
• 파인애플 주스 75ml
• 코코넛 크림 25ml

여기에 얼음을 넣고 레몬 페퍼 윙, 패트론 데킬라를 곁들임

하지만 친구들을 떠나 이사하자 급이 올라간 기분이 드는 것도 사실이었다. 회사에서는 눈에 띄는 유능한 직원이었고, 퇴근하면 스카이라인을 비추는 펩시 간판이 내려다보이는 산뜻한 아파트가 니나를 기다리고 있었다.

잡지에 등장하는 고급 향수나 바쁜 여성을 위한 탐폰 광고 모델이 된 느낌이 들 때도 있었다.

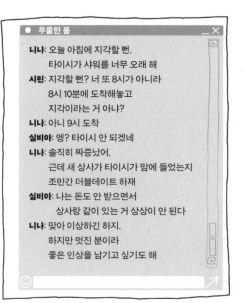

우울한 봄

니나: 오늘 아침에 지각할 뻔.
     타이시가 샤워를 너무 오래 해
시린: 지각할 뻔? 너 또 8시가 아니라
     8시 10분에 도착해놓고
     지각이라는 거 아냐?
니나: 아니 9시 도착
실비아: 엥? 타이시 안 되겠네
니나: 솔직히 짜증났어.
     근데 새 상사가 타이시가 맘에 들었는지
     조만간 더블데이트 하재
실비아: 나는 돈도 안 받으면서
       상사랑 같이 있는 거 상상이 안 된다
니나: 맞아 이상하긴 하지.
     하지만 멋진 분이라
     좋은 인상을 남기고 싶기도 해

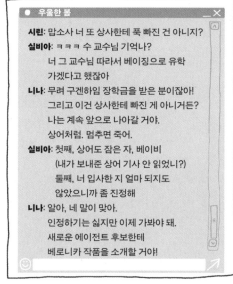

우울한 봄

시린: 맙소사 너 또 상사한테 푹 빠진 건 아니지?
실비아: ㅋㅋㅋ 수 교수님 기억나?
       너 그 교수님 따라서 베이징으로 유학
       가겠다고 했잖아
니나: 무려 구겐하임 장학금을 받은 분이잖아!
     그리고 이건 상사한테 빠진 게 아니거든?
     나는 계속 앞으로 나아갈 거야.
     상어처럼. 멈추면 죽어.
실비아: 첫째, 상어도 잠은 자, 베이비
       (내가 보내준 상어 기사 안 읽었니?)
       둘째, 너 입사한 지 얼마 되지도
       않았으니까 좀 진정해
니나: 알아, 네 말이 맞아.
     인정하기는 싫지만 이제 가봐야 돼.
     새로운 에이전트 후보한테
     베로니카 작품을 소개할 거야!

니나는 릴라와 함께 웰스프링에서 베로니카를 만나기로 했다. 그래야 베로니카가 편안한 환경에서 주도권을 쥘 수 있었다.

여기까지 와주셔서 감사해요. 미팅하기에 평범한 장소는 아닌데.

별말씀을요. 항만공사 던킨도너츠에서 한 적도 있는걸요. 상황에 따라 움직이는 거죠.

만나 뵙게 돼서 영광이에요. 선생님 책을 논스톱으로 읽고 있는 광팬이에요.

이렇게 고마울 수가. 니나가 인기작만 골라줬나 보네요. 걸어 다니는 홍보 기계라.

선생님 전작에 대한 설명은 니나에게 상세히 들었어요. 그런데 절판이라니 말도 안 돼요! 요즘 여성 독자들도 선생님 작품에 공감하고 의미를 찾을 수 있을 텐데.

칭찬을 들은 마당에 덧붙이자면 동안 내 작품을 감명 깊게 읽었다는 여성 독자가 더러 있기는 했어요.

그런 말을 들을 때 기분이야 당연히 좋지만, 사실 많은 독자의 사랑을 받지는 못했어요. 더구나 요즘 출판사가 보기에는 너무 애매하지 않을까요?

선생님 걱정은 이해하지만 요즘은 마니아적인 인물도 타깃 독자를 찾아가는 인터넷 시대예요. 선생님 작품의 독자도 지난 몇십 년 동안 상당히 늘어났을 거예요.

맞아요. 검색해보니까 전적이 화려하시던데. 트루먼 카포티가 정말로 첫 책의 추천사를 써주었나요?

네. 뭐 어시가 썼을 수도 있고. 그 왜, 하퍼 리 말고 누구 있잖아요.

선생님 작품 자체만으로도 충분하지만 유명한 문인들이 격찬했다는 게 훌륭한 세일즈 포인트가 될 수 있어요.

물론 중요한 건 선생님 작품이 걸작이라는 거고요. 사람들이 바보같이 진가를 몰라봤다니 답답해요. 이제라도 제가 그걸 갚아드릴게요.

고마울 따름이네요.

릴라는 재출간 전문 출판사에 연락을 돌리겠다고 했고, 그중 첫 번째가 클리오였다. 갑자기 무한한 가능성이 느껴졌다.

시선을 사로잡는 표지 디자인!!

화제의 인물!

학한 굿즈!

판권 수출!

마치 문학계 전체가 베로니카의 컴백을 숨죽이고 기다리는 것 같았다.

175

릴라는 설명을 마치고 계약서를 건넸다.

계약서
살펴보시고

진행해도 되겠다
싶으시면 사인하고
연락 주세요.

선생님 작품은 매일같이 사무실에서 근무하는
우리 여자들에게 특히 시사하는 바가 크다고 봐요.

여주인공들이 자기 존재를
알아주는 사람이 있을지 늘
궁금해하잖아요. 정말 공감돼요.

인간은 누구나 바라죠.
남들이 알아주는 거.

니나는 릴라를 먼저 보내고 베로니카의 생각을
듣기 위해 남았다.

릴라 엄청 훌륭하죠?
젊은데 벌써 제법 유명해요.

그러게요. 니나처럼
아주 유능하네요.

며칠 고민해보세요. 당장 결정
안 하셔도 되지만 긍정적으로
살펴봐주시면 좋겠어요.
보세요, 사람들은 선생님
작품을 사랑한다니까요?

진지하게
생각해볼게요….

니나는 어찌 지내요? 감히
그린포인트 집을 나가서 애인이랑
살림을 차렸다고 들었는데.

네… 동거는 처음이라
익숙해지려면 시간이
걸릴 것 같아요.

나는 남자랑 같이 살아본 적이 없어요. 내 집에서 자고 간 남자는 많지만.

선생님!

소파에서 말이에요. 술이 떡이 되면 잠깐 눈이라도 붙이는 편이 낫잖아요. 하지만 그 잠깐도 다른 사람이랑 있는 건 적응이 안 되더라고요. 내가 혼자 있는 걸 너무 좋아해서.

그래 보이세요. 저는 그래도 시린이랑 실비아랑 같이 사는 건 아무렇지 않았는데, 다른 사람이랑 그렇게 편하게 지낼 수 있을지 모르겠네요.

시간이 걸리겠죠. 그래도 니나 나카무라가 어디 가겠어요? '전략적'으로 해내겠죠.

그렇게 말씀해주셔서 감사해요, 선생님.

열렬히 환호하는 팬들이 있다며 나를 세상에 소개하겠다는 사람에게 그 정도도 못할까.

팬들 분명 있다니까요?

그럼 얼른 여길 탈출해서 환호하는 대중의 품으로 돌아가야겠네요.

니나의 방을 쓸 사람은 어렵지 않게 구할 수 있었다. 시린이 올린 인스타 피드를 보고 친구의 친구에게 몇 분 만에 연락이 왔다.

뉴욕주립패션공과대학교에서 패션디자인을 공부했다는 이수는 방이 좁아도 별로 상관없는 눈치였다.

- 제약업계 큰손의 딸
- 디카프리오랑 같은 헬스장 다님. 종종 눈도 맞춤
- 지금까지 자기 손으로 빨래해본 적 한 번도 없음
- 〈섹스 앤 더 시티〉 때문에 뉴욕에 왔다가 〈가십 걸〉 때문에 못 떠나는 중

이수는 옷과 신발 상자를 보관하는 창고로 방을 쓰는 듯했다. 머레이 힐에 사는 남자 친구 집에서 자고 올 때가 많아서 방은 거의 비어 있었다.

시린과 실비아는 그를 '유령'이라고 불렀다.

하지만 시린은 어쩌다 한번 이수와 나눈 대화가 마음에 꽂혔다. "갑자기 편두통이 생겼다"며 일찍 퇴근했던 날이었는데, 실은 1분이라도 더 컴퓨터 앞에 있으면 비명을 지를 것 같아서였다. 회사를 나선 순간 안도감이 밀려들었다.

집에 들어가 보니 이수가 부엌에 있었다. 좀처럼 없는 일이었다.

어? 오늘 출근하는 날 아니야?

맞아. 반차 냈어. 정신 나갈 것 같아서.

와, 회사에서 허락해줘?

아, 그게… 편두통이 생겼다고 거짓말했어.

지금 하는 일이 싫은가 보네?

시린은 자기 일을 두고 실비아와 니나에게 끝없이 투덜대던 기억이 떠올랐다.

응. 근데 이유를 모르겠어.

썩 재밌진 않아도, 괴롭히는 사람도 없고 업무도 쉬운 데다 스트레스도 거의 없는데. 내가 왜 이러나 몰라.

그냥 사무실에서 일하는 게 싫은가 보다.

그런가.

아니면 일하는 거 자체가 싫든지.

일하는 건 좋아….

아… 아니다, 거짓말이야. 월세를 낼 수 있어서 좋아.

"베로니카라고 친한 분한테 들었는데, 일은 사랑하거나 목숨을 위협하지 않거나 월급이 많으면 된대. 이 중에 충족할 수 있는 조건은 최대 두 가지. 셋 다는 안 된대."

둘을 고르시오

"정말 운이 좋은 사람이나 정말 멍청한 사람만 셋 다 충족할 수 있대."

너는 그중 몇 개인데?

0개.

그 일이 목숨을 위협해?

날마다 조금씩. 소설 『다락방의 꽃들』에 나오는 그 쥐약 든 도넛처럼 말이야.

돈 걱정할 필요 없으면 뭐 하고 싶어? 여행?

그것도 아닌 것 같아. 얼마 전에 난생처음 파리에 다녀왔는데 아무 이유 없이 심적으로 힘들었어.

시린은 니나처럼 평생 사무실에서 재미있게 일할 자신도 없었고, 실비아나 베로니카처럼 이글거리는 창작열도 없었다.

잘 모르겠다.

흠, 돈이 그 일을 하는 유일한 이유라면 그보다 나은 일도 많은데.

나는 스카이프로 오르가슴 연기를 해서 한 달에 3000달러를 벌거든.

멋지다. 하지만 그 일을 평생 하고 싶어?

절대 아니지.

평생 한 가지 일만 하고 싶은 사람이 있겠어?

181

라탄 가구가 필요해

핸섬출판사가 입주한 공유 오피스 복도를 걷다 보면 일에 열중하거나 낮잠에 빠진 온갖 IT 회사 직원들이 보였다. 실비아는 이 공간의 그런 모든 게 죽도록 싫었다.

VR 애니메이션 스타트업

고철 업사이클링 디자인

노년층 대상의 코딩 학원

반려동물 앱 개발업체

데브도 새로운 사무실을 좋아해보려고 했지만 몇 번 와보더니 자기는 예전 사무실이 더 잘 맞는다 며 돌아갔다. 즉, 실비아는 이브와 단둘이 이 유리 감옥 안에 종일 갇혀, 짜증 폭탄을 주고받아야 한다는 뜻이었다.

안녕, 라나. 자기야, 일 얘기하기 전에 먼저, 작년 도서전 끝나고 갔던 그 루프탑 기억나? 우리가 계속 불렀던 노래가 뭐더라? 아, 맞다!

언브레이크으으으 마 하아아아아트….

이브가 들어온 이후로 실비아는 로봇이 되었다. 군소리 없이 할 일을 하고 6시 5분이 되면 자동으로 작동을 중지했다.

ISBN 발급 완료

아마존 도서 정보 수정 완료

기자 간담회장 예약 완료

소프트웨어 업데이트 시작까지 4… 3… 2…

이브가 트집을 잡거나 말거나 일절 반응하지 않고, 퇴근 후 글을 쓸 수 있을 정도의 에너지를 남겨두었다. 로봇 모드 덕분에 그나마 살 수 있었다.

실비, 나 목마른데….

실비, 첼시에 있는 인쇄소에 가서 명함 좀 가져다줄 수 있어?

실비, 모건도서관에서 구텐베르크 성경을 파티장에도 대여해주는지 알아봐줄래?

그러던 어느 월요일인가 목요일에 (이제는 요일 감각도 없었다) 이브가 옆으로 밀고 들어오더니 그야말로 충격적인 얘기를 꺼냈다.

어떻게 투고 원고 뭉치 안에서 이런 걸 건졌어? 대단하다!

무슨 소리인가 했다. 핸섬출판사의 메일함은 의심스러운 성애물과 레이먼드 챈들러 모방작으로 가득했고, 오프라인 우편함에는 출판사 주소까지 알아낼 만큼 약삭빠른 작가들이 보낸 원고로 수북했다.

우편함

그걸 읽고 일일이 거절 메일을 보내는 것도 실비아의 일이었다.

오하이오주에서 경찰 스릴러물로 위장한 음모론 선전문을 보내온 남자에게 정중한 거절 편지를 보냈더니 썩은 정어리가 배달된 적도 있었다.

미친!! 이게 뭐야?!

이후로 실비아는 투고 원고를 피해왔다.

잠깐... 무슨 원고 말씀이세요?

베로니카 보라는 여성 작가 작품인데...

몇 초가 지나서야 알아차렸다. 이브가 베로니카의 원고를 읽었다는 사실을. 순간 심장이 철렁 내려앉았다. 썩은 생선이 든 택배 상자를 열었을 때와 비슷한 느낌이었다.

실비아는 베로니카의 원고를 별 것 아닌 것처럼 보이도록 계약서와 인세 보고서를 보관하는 파일에 넣어두었다. 물론 둘은 상대방의 책상에 손을 대지 않았지만 사무실이 워낙 작다 보니 어느 정도는 섞일 수밖에 없어 사달이 난 것이다.

이… 이걸 읽었다고요?

알아, 내가 원래 투고 원고는 거의 안 읽지. 그런데 배본 담당자가 늦는 바람에 한두 장 읽으면서 기다리려는데 완전 훅 빨려 들어갔다니까.

그래도 그렇지, 베로니카의 개인적인 기록을 숙적이 읽도록 방치하다니 이건 베로니카를 배신한 거나 다름없었다.

저자를 검색해봤더니 부커상 수상 작가지 뭐야! 대표님이 알면 좋아하시겠어.

구조는 많이 뜯어고쳐야겠더라. 자기가 읽은 책을 구구절절 설명하는 거 별로야. 문학 좋아하는 거 알겠으니까, 루 리드의 집이 어땠는지 그거나 더 설명해줬으면 좋겠달까.

실비아는 모든 게 데브에게 보고된다는 걸 알았지만 그 순간만큼은 베로니카를 보호하고 싶은 마음뿐이었다.

이 원고는 잊어주세요.

너 미쳤어?

어디 가?

하루 쉬어야겠어요.

원고는 왜 들고 가는데?

출간용이 아니니까요.

그게 무슨 소리냐고!

실비아는 자기가 한국 드라마에서 부당한 대접을 받은 여자처럼 굴고 있다는 걸 알았지만 어떻게 해서든 뛰쳐나오고 싶었다.

팀장님이 읽으면 안 되는 원고였다고요. 그러니까 신경 끄세요.

그걸 결정할 사람은 네가 아니야! 우리는 편집자로서….

ROCK EYS

이브의 말이 끝나기도 전에 유리 감옥에서 빠져나왔다.

대표님께 오늘 네가 한 짓 다 보고할 거야!

밖으로 나와 보니 손을 떨고 있었다. 휴대폰을 꺼내 채팅방에 비상사태를 선포했다.

우울한 봄

실비아: 나, 라탄 가구 사야겠어

이 비상 신호의 역사는 대학교 2학년, 세 친구가 한 기숙사 방에서 살았던 때로 거슬러 올라간다.

브루클린 플리마켓
$20

크레이그스리스트
중고 거래
$7

타겟
$25

이케아
$39.99

애스터 플레이스
교차로 상점
$0

K마트
$17

마샬스
$22

에어컨이 없는 건물에서 지옥 같은 8월을 보내고 있었는데, 어느 날 찜통더위에 하루 종일 수업을 듣고 땀에 전 채 돌아온 니나가 아주 이상하게 구는 것이었다.

야, 너 괜찮아?

여긴 쓰레기장이야!

인테리어 아이디어를 좀 모아야겠어!!

조명도 더 좋은 걸로 바꾸자!!

라탄 가구를 사는 건 어떨까?

그러더니 곧바로 기절했다.

보건실에 가니 단순 탈수라고 했다.

내가 어쨌다고?

라탄 가구 어쩌고 하더니 쿵! 하고 기면증 환자처럼 쓰러졌어.

하지만 이후로 '라탄'은 불길한 사태를 알리는 그들만의 신호가 되었다.

처음에는 형편없는 파티장에서 나올 때가 됐거나, 지하철에서 이상한 남자가 얼쩡거린다는 신호를 보낼 때 장난으로 썼다.

라탄!! 체리 딥은 품절이라고 한다.

반복한다. 라탄, 라탄.

하지만 시린과 프리야가 세 번의 재결합 끝에 마침내 진짜 헤어졌을 때 시린은 이 신호를 보낼 힘밖에 없었다.

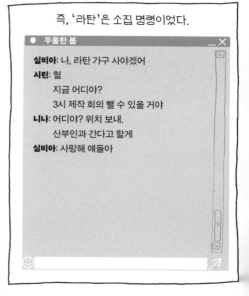

라, 라탄! 하...

니나와 실비아는 이별 후에 필요한 것들(술과 음악)을 들고 단숨에 달려갔다.

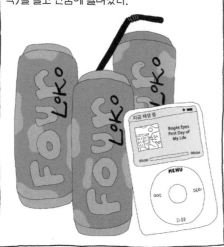

즉, '라탄'은 소집 명령이었다.

● 우울한 봄

실비아: 나, 라탄 가구 사야겠어

시린: 헐
지금 어디야?
3시 제작 회의 뺄 수 있을 거야

니나: 어디야? 위치 보내.
산부인과 간다고 할게

실비아: 사랑해 얘들아

188

베로니카는 세 친구를 보고도 딱히 놀란 것 같지 않았고, 제삼자가 자신의 원고를 읽었다는 소식에도 별로 심란해하지 않는 듯했다.

하지만 제가 선생님을 배신했는걸요! 뜻밖의 사고긴 했지만 그래도….

걱정 말아요. 그냥 늙은이의 횡설수설에 불과한 글인걸.

하지만 그걸 읽은 이브가 마음에 든다고 했잖아요. 선생님의 글에 반응하는 독자들이 있다는 얘기예요.

보세요. 내 말 맞죠?

니나, 92세 대선배님께 "내 말 맞죠?"가 뭐야!

이제 93세예요. 지난주에 생일이 지났거든요.

왜 말씀 안 하셨어요? 우드사이드에서 럭셔리한 파티라도 여는 건데!

다 허울뿐인 생일을 뭐하러 챙겨요. 난 75세를 끝으로 더는 챙기지 않기로 했어요.

그럼, 이번 사태를 잘 수습하는 거로 생일 선물을 대신할 수 있을까요?

아니면 그냥 현실을 받아들이셔도 돼요. 이브가 선생님 자서전에 관심을 보이는 거면 다른 편집자들도 그럴 수 있다는 의미니까….

그때 니나는 릴라가 두고 간 계약서에 베로니카가 사인해놓은 걸 발견했다.

…역시 선생님도 의향이 있으시군요! 이제 에이전트가 생겼으니 모든 준비가 끝났어요!

하지만 정말 괜찮으시겠어요? 그 자서전은 누구 보여주려고 쓰신 게 아니잖아요.

지금 당장은 아닐지 몰라도….

"…언제까지 나 혼자 읽으려고 쓴 건 아니었어요. 마음 한구석에서는 내가 죽고 난 다음에라도 찾는 독자가 있을지 모른다고 생각했던 것 같아요."

책으로 미래를 점친다면

부커상 수상작가 베로니카 보 자서전

이렇게 좋은 책은 '지금' 독자를 찾아야죠, 선생님! 사후가 아니라!!

흥분하지 마, 불도저.

그래서, 읽어보니 어떻던가요?

선생님 자서전이요? 너무 좋았죠!

벌써 두 번 읽었어요. 선생님 전작도 전부 읽고 싶어지게 만드는 글이었어요. 그 사진 얘기한 챕터도….

아주 극찬이네요.

아, 나도 실비아 원고 재밌게 읽었어요.

잠깐, 실비아, 너 소설 끝냈어?

대박이다. 우리도 보여줘.

아직 초고 단계야.

정말 재밌게 읽으셨어요?

그럼요, 자세한 감상평을 쓰는 중이에요. 전체적으로 아주 훌륭하던데요.

무려 베로니카 보 작가님이 제 작품을 좋게 보셨다니 이럴 수가!

이 말에 베로니카는 기운을 얻은 모양이었다.

니나, 계약서 릴라에게 전해줘요. 릴라에게 모든 업무를 일임할게요. 큰 기대는 안 하지만 한번 열심히 해봐요.

드디어!!!

실망시켜드리지 않을게요. 작년에 저희 회사에서 괜찮은 자서전도 몇 권 출간했거든요.

말했듯이 나는 큰 기대 없어요. 신작 출간을 계기로 제니가 아파트로 돌아가도 된다고 허락해주면 모를까.

사후 명성이고 뭐고 여기 음식 때문에 당장 죽겠거든요.

여기가 싫으신가 봐요.

못 살 데는 아니지만 내 집은 아니니까요.

작지만 나무랄 데 없었던 베로니카의 집을 떠올리자 실비아는 심란해졌다. 느닷없이 버려진 그 집에 잠깐 들러서 화분에 물도 주고 책장에 쌓인 먼지도 털어주어야겠다고 마음먹었다.

그럼 우리 택시 타고 이른 저녁 먹으러 가요. 제 고등학교 졸업 파티 파트너가 잇푸도에서 일해서 줄 안 서고 들어갈 수 있어요.

가서 베로니카 선생님의 자서전과 실비아의 첫 원고, 그리고 세계를 정복하러 나선 니나를 축하해요!

시린은 뭘로 축하를 하지요?

저요? 저는 평일 오후에 회사 밖으로 나온 거요! 이게 바로 꿈같은 인생 아니겠어요?

세 친구는 그날 밤 오랜만에 같이 '복도'로 돌아갔다. 니나는 타이시에게 너무 피곤해서 (차로 10분 거리지만) 롱아일랜드 시티까지 못 가겠다고 문자를 보내고 소파 위로 쓰러졌다.

네 원고 언제 보여줄 거야?
우리한테 비밀로 하다니 너무해!

당연히 보여줘야지.
제삼자의 의견을 먼저
듣고 싶었을 뿐이야.

왜? 실비아 바티스타 작품
못 읽은 지 엄청 오래됐다고!

그해 여름 이야기거든.
1학년이 끝난 그때 말이야….

[불길한 예감을
감지하고 말없이
눈빛만 주고받는 중]

힘든 여름이었지. 잊지 못하는 게 당연해.

뭐, 소설이니까 마음대로
바꿨어. 진실에 얽매일
필요 없다는 걸 아니까
좀 수월하더라.

그때 일을 쓰겠다고
결심하게 된 계기가 뭐야?

뭐랄까, 지금 하는
개 같은 일 때문에?

조용한 일벌처럼
두 여자가 시키는 일
하면서 하루 종일
앉아 있는 날 보니까
그때 느꼈던 무력감이
떠오르더라고.

실비아가 그해 여름에 대해 이렇게 길게 얘기한 건 처음이었다. 니나와 시린은 놀라서 아무것도 묻지 못했다.

그들이 친구가 된 첫해는 공차 데이트, 서로에게만 통하는 어이없는 농담, 집착하는 것과 특이한 습관을 주제로 열띤 대화를 나누며 보냈다. 셋 다 이렇게 빨리 누군가와 친해진 것은 처음이었다.

그랬기 때문에 여름방학 동안 실비아의 연락 두 절이 더욱 충격으로 다가왔다.

니나와 시린은 수색 끝에 브루클린의 어느 허름한 정신과 병동에 제 발로 걸어 들어간 실비아를 찾아냈다.

너 왜 여기 있어?

나도 잘 모르겠어.

휴스턴에 가야 하는데 언니, 동생 들이랑 같이 쓰는 방으로 돌아가 다시 부대낄 생각을 하니까 견딜 수가 없었어.

1년 동안 날마다 너희들이랑 있으면서 글도 쓰고 합평도 하고, 혼자 살았잖아. 그런데 어떻게 금방 예전의 나로 돌아갈 수 있겠어?

돌아갈 필요 없어. 그냥 네가 살고 싶은 대로, 멋대로 살면 돼.

글쎄. 그래도 엄마는 나를 보고 싶은 대로만 볼 거 아냐. 다른 가족들도. 어쩌면 너희들도.

다른 사람들의 시선을 견딜 수가 없다는 건 나한테 문제가 있다는 뜻이야.

사람들이 너를 어떤 시선으로 보는지는 네가 막을 수 없어. 그리고 왜 보지 말아야 하는데? 이렇게 똑똑하고 재밌고 진국인 사람인데. 그걸 보여주라고.

헐, 니나. 감동이다.

내 상담사 피오나 응우옌이 비슷한 얘기를 하더라고.

얘 여기서 나가면 바로 소개해줄게. 도움이 될 거야.

삭막한 복도와 퉁명스러운 간호사, 밤마다 끊임없이 중얼거리는 환자들이 문득문득 떠올랐지만 니나와 시린에게 병원 생활을 자세히 설명하진 않았다.

병원에 있는 내내 실비아는 공포에 사로잡혔고 머릿속에선 하염없이 같은 생각이 맴돌았다.

내가 어쩌다 여길 오게 됐지?

휴지통

상냥한 의사를 만난 다음에야 나가고 싶다는 말을 꺼낼 수 있었다. 놀랍게도 병원에서는 순순히 허락해주었다.

그냥… 가면 된다고요?

자신에게도 남에게도 해를 끼치지 않을 테니 안 될 이유가 없죠.

이렇게 해서 실비아는 들어왔을 때처럼 제 발로 걸어서 나갔다.

말 한마디로 거길 빠져나올 수 있었다는 사실은 실비아에게 영원히 남을 충격을 주었다.

물론 마음이 편한 공간은 아니었지만 그곳은 글 속에서나마 다시 찾아가보아야 할 곳으로 기억 한편에 자리 잡았다.

글 쓸 때 꼭 필요한 것들
• 아무도 해독할 수 없는 아이디어 노트
• 엄청 멜랑콜리한 플레이리스트
• 작가 모드용 바지*

*올드 네이비, $7, 2008년경 구입

그 여름에 대해 썼다니 짱이다. 하지만 보여주기 싫으면 안 보여줘도 돼.

나중에 꼭 보여줄게. 믿을 수 있는 편집자가 너희들뿐이라서.

내가? 예리한 비판이라 해봤자 칭찬과 포옹 둘 중 하나일 텐데.

걱정 마. 눈 뜨고 못 봐줄 정도면 내가 기꺼이 알려줄게.

고맙다, 둘 다. 나한테 딱 필요한 거거든.

니나는 중요한 일이 있을 때면 노드스트롬 랙에서 산 파워 재킷을 입었다. 레크먼 면접 때 입은 옷이니 그 '파워'엔 의심의 여지가 없었다.

여느 어시보다 두 배 더 많은 짐을 짊어질 듯한 어깨

탐폰과 라이터를 넣을 튼튼한 주머니 (니나는 담배를 피우지 않지만 잘 보여야 될 사람에게 불을 붙여주는 건 좋아한다)

화장실에 숨어서 울더라도 눈물을 다 흡수할 수 있는 두툼한 소재

이 재킷을 입으면 시린은 승무원 같아 보인다고 했다. 니나에게 이건 칭찬이었다. 승무원들은 비행기가 바다에 추락하면 어떻게 해야 하는지 아는 분위기를 풍기지 않는가.

오늘은 그걸 입고 릴라를 만나러 갔다. 약속 장소는 미드타운에 있는 촙트샐러드였다. 니나는 또래에 비해 드물게, 이메일보다 전화나 직접 만나는 것을 더 좋아했다. 강렬한 인상을 남길 수 있기 때문이었다. 그런 의미에서 이 재킷은 갑옷이었다.

릴라는 니나가 주문을 마친 뒤에 도착했는데, 그 역시 이 분야의 프로였다. 니나도 감탄할 만큼 빠른 속도로 주문을 완료했다.

오차드로 하나요. 치즈는 코티하로 변경하고 호두는 빼주시고 사이드 소스는 그린 가디스요. 감사합니다아아!

나와주셔서 감사해요.

별말씀을. 이메일 보고 호기심이 솟던데요.

네, 저 얼마나 신났는지 몰라요. 에이미 어다멘이랑 얘기했는데 베로니카 작품을 재출간하는 데 관심을 보이더라고요.

벌써 서문을 부탁할 만한 젊은 작가와 표지를 맡길 만한 디자이너를 고민하고 있어요. 완벽한 조합이 탄생할 거예요.

그리고… 베로니카가 지금 새 원고도 작업 중이에요.

샐러드를 건드리지도 않는 걸 보니 릴라가 대화에 푹 빠졌다는 걸 알 수 있었다.

자서전을 쓰고 계세요.

농담이죠?

제 평생 일로 농담은 해본 적이 없어요.

라이트하우스에 딱 맞는 멋진 원고예요. 제 상사가 자서전이라면 사족을 못 쓰거든요.

모든 게 계획대로 되면 내년쯤 베로니카 광풍이 일 수도 있겠네요.

확실해요.

AAAAAAH-RUGULA!

믿기지가 않아요. 당신 연락을 받기 직전에 뉴욕 생활을 접을까 심각하게 고민 중이었거든요. 오하이오로 가서 부모님 신세를 지며 로스쿨 준비나 할까 했어요.

네? 에이전시를 여기까지 초고속으로 키워놓으셨잖아요.

뭐랄까, 가면 놀이를 하는 느낌이에요. 모아놓은 돈은 없고 룸메이트만 넷씩이나 있네요. 결혼해서 아이를 낳고 어른답게 살고 싶은데.

하지만 독립해서 사무실까지 차리셨으니 꿈을 이루신 거 아니에요?

사무실이야 니나도 분명 언젠간 차릴 거예요. 그다음이 문제죠.

뭐가 됐든 남편과 아이는 아니에요.

좋죠. 하지만 그 이상의 것 없이 직업적 성공만 있다면 무슨 의미일까요. 취미 생활이나 애인은 커녕 반려견 키울 시간도 없는데. 사는 낙이 없어요.

니나는 잠깐 생각했다. 나한테 취미가 있나? 별로 깊게 고민하고 싶지 않아 빠르게 다른 주제로 넘어갔다.

그런 상태라면 베로니카의 자서전이 마음에 드실 거예요. 선생님은 그런 압박감에서 자유로우신 것 같더라고요. 무서울 정도로 자기 확신이 있는 분이에요.

당신 평가가 그렇다니 엄청난 칭찬이네요.

식사가 끝나자 니나는 후식으로 소프트아이스크림을 먹자고 했다.

우리 시간 많아요. 회사카드도 있고요!

세상에! 생각보다 더 일찍 독립할 수 있겠는데요?

니나는 며칠 전 회사카드를 받았을 때 숨죽인 채 열광했다.

일의 진행 상황이 몹시 마음에 들었다. 역시 이 재킷은 니나를 실망시키는 법이 없었다.

피오나 응우옌의 상담소는 매디슨스퀘어파크에서 가까운 첼시에 있었다. 시린은 오늘 상담을 울지 않고 마치면 셰이크쉑 버거를 먹기로 다짐했다.

피오나를 대면하자 지적인 미모에 주눅이 들었다. 심리상담사한테 반해도 되나?

> 시린? 피오나예요.
> 들어오세요.

> 이 자리에서는 뭐든 얘기해도 되고 뭐든 얘기하지 않아도 돼요. 먼저 상담을 받으려는 이유부터 들어볼까요?

> 지금 하는 일이 싫어요. 일이 뭐라고 제 생활의 다른 영역까지 침범하는 느낌이에요.

> 모든 사람이 자기 일을 싫어할까요?

> 글쎄요, 선생님은 어떠세요?

> 저는 제 일을 사랑해요.

> 그렇군요. 맞아요, 모든 사람이 자기 일을 싫어하는 건 아니겠죠. 지난 몇 개월 동안 제가 왜 그렇게 쫄보 새끼처럼 굴었는지 모르겠어요.

> 쫄… 뭐요?

> 쫄보요. 조금이라도 무거운 일은 눈곱만큼도 감당 못 하고 온갖 진상을 떠는 인간이요. 제가 그런 인간의 전형이었어요.

일은 쉬워요. 사랑하는 친구들도 있고, 엄마도 정말 최고거든요. 건강하시고요. 근데 도대체 뭐가 문제인지 모르겠지만 일어나서 출근하고 싶은 의지가 없어요.

출판업계의 다른 직무도 싫고, 일 자체가 하기 싫어요. 그냥 이불 속에만 있고 싶어요.

회사에서 우울해요?

뭐랄까… 무감각해요. 그게 절 우울하게 만드는 것 같아요. 제 인생이 끝없는 롤러코스터 같길 바라진 않지만 짜릿했던 순간은 그리워요.

영화도 책도 소용없어요. 매일 지하철을 타면 눈알을 뽑아버리고 싶어요. 누구랑 데이트를 하거나 자고 싶은 마음도 안 생겨요. 그러니까… 놀고 싶은 마음이요.

여기에서는 자기 검열할 필요 없어요.

진짜 개떡 같은 일을 당한 사람들에 비하면 제 문제는 엄청 사소하다는 걸 아니까 더 바보 같아요.

저랑 친한 베로니카 선생님만 해도 93년을 살면서 전쟁도 겪고 친구들도 죽고, 별일을 다 겪고도 잘 사시는데 저는 고작 이런 문제로 징징대고 있잖아요.

그런 감정이 들었다는 걸 인정해야 해요. 일일이 다른 사람과 비교할 필요 없어요.

시린은 파리에서 있었던 일을 이야기했다.

BIENVENUE À Paris

…폭풍 같은 매력이 있는 도시였어요. 무언가 대단한 감정을 느껴야 하는데 전 그때도 침대 속으로 들어가고 싶은 생각뿐이더라고요.

205

회사에서 느끼는 공포에 대해서도 이야기했다.
메일함에는 짜증 내는 저자와 제작부에서 보낸 메일뿐이에요. 전화는 개미지옥이죠.
INCOMING CALL: ANOTHER PISSED OFF AUTHOR
심지어 프리야 이야기까지 했다.
누군가에게 그 정도로 푹 빠지는 일이 다시는 없을 것 같아요.
놀랍게도 그렇게 감정을 토해내는 동안 한 번도 울지 않았다.
오늘은 이쯤에서 마무리해야겠네요. 다음 주에 다시 이야기 나눠요.
와, 제가 지금 한 시간 동안이나 이야기했어요? 선생님 피곤하시겠어요.
그럴 리가요. 이건 제 일이고 좋아서 하는 일이에요.
나오니 공원 가장자리에 벤치가 보였다. 시린은 거기 앉자마자 몸을 웅크리고 울음을 터뜨렸다.
10분 뒤 콧물 범벅인 얼굴과 조금 가벼워진 마음으로 셰이크쉑에 가서 줄을 서고, 울어본 공공장소 목록에 '매디슨스퀘어파크 벤치'를 추가했다.
이 목록엔 바워리 볼룸* 발코니…
…G라인의 거의 모든 정거장…
…유니언스퀘어 포에버21 탈의실…
…메이시스 백화점 에스컬레이터…

* 뉴욕의 유명한 라이브 공연장

실비아는 니나의 파워 재킷을 빌려 입었다. 어깨가 좀 끼긴 했지만 자신감이 불끈 솟았다. 어시를 구한다는 요리책 전문 출판사 홍보 담당자에게 니나가 실비아를 추천한 참이었다. 급하게 후임을 찾고 있다는 소식에 요리책에 대해 아는 게 없어도 일단 덥석 물었다.

회사에서는 이브의 만행을 거의 실시간으로 친구들에게 중계하는 지경에 이르렀다.

```
● 우울한 봄                                    _ ✕
실비아: 이번에는 플라워 디스트릭트까지 가서
        진달래를 사오래.
        사무실이 너무 '삭막'하다고
니나:   뭐야?
        가지 마!
        걔 심심해서 그래
실비아: 근데 이 유리 감옥에서
        탈출할 수 있는 좋은 핑계긴 해
시린:   흠
        맨해튼 올 거면 점심 같이 먹을래?
실비아: 좋지
        점심이 하루의 낙인데
☺                                            ↗
```

요리책 홍보 일이 잘 맞을지 모르겠지만 이브에게서 벗어날 길은 될 수 있을 것 같았다. 날마다 사사건건 들볶는 이브 때문에 기운이 바닥나서 몇 주 동안 원고는 건드리지도 못했다.

앨리스 먼로한테 추천사 받았어? 거물이긴 해도 캐나다 사람은 착하잖아. 한번 더 부탁해봐.

글은 못 쓰고 매번 친구들을 데리고 근처 바에 가거나 이모코어 파티에 춤을 추러 갔다.

청춘을 즐기러 온 우리를 위하여!

저 망할 음악을 견디는 나를 위하여 후바스탱크라니, 실화야?

9시 취침을 위하여!

친구들이 너무 피곤해하면 금융계나 패션계에서 일하는 열정적인 대학 친구들을 불러냈다.

그러던 어느 수요일 새벽 4시, 지하철에서 꾸벅 꾸벅 졸던 자신을 깨우던 수도승을 만난 뒤로 문득 이렇게 살 수는 없다는 생각이 들었다.

자매님, 잃어버린 이들의 수호자 성 유다 이야기를 들려줄까요?

실비아는 바로 다음 날 베로니카를 찾아가 조언을 구했다.

볼 것도 없네. 회사를 옮겨요. 글 쓰는 데 방해가 되면 다른 일을 찾아야죠.

그렇게 간단한 일은 아니라…

간단치는 않겠죠. 하지만 나도 나한테 관심 없는 사람들 신경 쓰면서 젊은 시절을 보내다가 뉴욕으로 온 건데, 좋게든 나쁘게든 그게 변화의 계기였어요.

이기적으로 살게 됐다는 말씀이세요?

"아마도요. 도시로 가서 작가가 된다는 게 욕심처럼 느껴지던 때가 있었어요. 오래전부터 그런 사람들은 늘 있었는데 말이죠. 난 어린 시절 내내 충동과 욕구를 참으며 살았거든요."

"뉴욕으로 올 당시 나는 시한폭탄이었지만 그래도 내 평생 가장 용감한 선택은 책을 쓰면서 남은 인생 나를 위해 살기로 한 거였어요."

8살 때

그때 가족분들의 반응은 어땠어요?

당연히 다들 이기적이라고 했죠. 모두를 위한 길은 아니었지만 그래도 돌아보지 않았어요. 그게 지금도 자랑스럽고요. 살다 보면 나를 위한 선택을 해야 하는 때가 있거든요.

실비아의 원고에서 그런 정서가 언뜻 느껴졌어요.

맞아요. 주도적으로 제 삶을 끌고 나가는 게 저한텐 쉽지가 않네요.

자길 위해 목소리를 내는 게 이기적이라고 생각하는 사람들은 많아요. 내 방에 걸려 있던 사진 봤죠? 이기적으로 살겠다고 확실히 결심한 날에 찍은 거예요.

늙은이로서 한마디만 더 보태자면, 젊을 때 사진 많이 찍어놔요. 나중에 잘했다 싶을 테니.

베로니카의 조언에 결단을 내린 실비아는 니나에게 소개를 부탁했고, 그렇게 럭스미스북스의 홍보팀장 모니카 프랭크와 면접 약속을 잡게 된 것이다.

럭스미스북스는 TV에 출연하는 셰프와 셀럽이 쓴 요리책을 내는 곳이었다. 엄청난 팬을 거느린 저자들이라 으리으리한 출간 기념회를 준비하고, 아침 토크쇼를 섭외하는 것이 홍보 팀 일의 대부분이었다.

실비아는 면접을 보기 전에 화장실에 들러 지하철 냄새를 없애고 마음의 준비를 했다.

잘할 수 있어, 알잖아.

노래방에서 돌고래 소리로 머라이어 캐리 노래 부를 때를 생각해봐.

다 찢어놓자고.

이렇게 마음을 다잡고 들어가 한 시간의 면접을 마치고 나왔다.

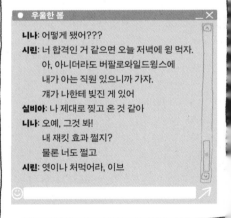

● 우울한 봄   _ ☐ ✕

니나: 어떻게 됐어???
시린: 너 합격인 거 같으면 오늘 저녁에 윙 먹자.
      아, 아니더라도 버팔로와일드윙스에
      내가 아는 직원 있으니까 가자.
      걔가 나한테 빚진 게 있어
실비아: 나 제대로 찢고 온 것 같아
니나: 오예, 그것 봐!
      내 재킷 효과 쩔지?
      물론 너도 쩔고
시린: 엿이나 처먹어라, 이브

일주일 뒤에 실비아의 합격 통보가 정식으로 전해지자 셋은 코리아타운의 치킨집에서 만났다. 시린은 마침 집에 있던 이수도 불렀다.

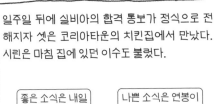

좋은 소식은 내일 이브한테 사표를 던진다는 거.

나쁜 소식은 연봉이 준다는 거. 그것도 어마어마하게.

예상했던 거긴 해. 얼마나 주는데?

핸섬의 30퍼센트.

알아. 베이비시터 일 다시 해야 할지도 모른다는 거.

원하면 내 방으로 옮겨. 안 그래도 남자 친구랑 같이 살까 생각 중이거든. 그럼 매달 몇백 달러는 아낄 수 있잖아.

그러게. 그게 좋겠다.

좁고 창문도 없는 그 방이 실은 끔찍했지만 베로니카의 충고대로 나 하나만 생각하고 살려면 감수해야 하는 부분도 있었다.

비빙카에서 직원 뽑는지 알아봐줄 수도 있어. 지옥의 무제한 칵테일 타임을 맡기겠지만 우리 둘이 같이 고생하면 그나마 좀 나을 거야.

야아아, 너희들 때문에 눈물 나려 그래.

연봉이 그 정도 깎이면 나라도 눈물 나겠다.

기름진 윙과 열 잔이 넘는 리치 마티니로 (거의 시린이 마셨다) 저녁 식사를 마치고 실비아와 니나는 집에 갔다. 시린은 이수를 꼬드겨 같은 블록에 있는 어두침침한 소주 바에 데려갔다.

네가 이렇게 금방 나갈 줄은 몰랐어.

그러게. 막판에 결정한 거야.

초조해지기 시작해서. 만난 지 3년 됐거든. 그렇다고 걔랑 24시간 딱 붙어 지내고 싶은 건 아니야.

니나랑 비슷한 얘기를 하네?

진짜? 니나는 워낙 안정적이라 그런 고민 안 할 것 같은데.

그럼 너는?

나?… 나 뭐?

시린은 그 순간 둘 다 얼굴이 빨개졌다는 걸 알아차렸다.

어쩌다 그렇게 됐는지 모르겠다. 마지막으로 마신 코코넛 소주 때문이었을까, 에어컨 없는 매장의 열기 때문이었을까?

깨질 듯한 두통 속에 양심이 묻히길 바랐다.

어? 이 노래 좋더라!

♬Return of the Mack...♪

잠깐.

왜 그래?

나… 좀…
토할 것 같아….

시린은 다급히 화장실로 달려가 먹은 걸 다 게워내고 빙글빙글 도는 머리가 안정되길 한참 동안 기다렸다.

215

누가 문을 두드리며 한국말로 소리를 지르자 시린 은 비틀비틀 일어나 나왔다. 이수가 기다리고 있 었다.

집에 갈까? 너 안색이 안 좋아. 나가서 택시 잡자.

응, 그래야겠어.

시원한 바깥 공기를 마시자 정신이 돌아왔다.

택시 따로 타고 가도 될까? 친구 집에 잠깐 들르기로 했거든.

자정이 거의 다 됐는데?

아직 기다리고 있을 거야.

거짓말이었다. 이수와 함께 택시를 타고 집으로 돌아간다 생각하니 견딜 수가 없었다.

실비아가 면접을 통과했다고 했을 때 어떤 기분 이 들었는지 떠올리자 심란해졌다. 기쁜 한편 질 투가 나고 억울하기도 하던 그 마음.

절친으로서 이런 기분이 드는 게 싫었지만, 알 수 없는 감정이 스며들고 있는 걸 부인할 수는 없었다.

웰스프링은 문이 잠겨 있었지만 시린의 얼굴을 아는 관리인이 별말 없이 들여보내주었다.

할머니께 안부 전해줘요, 아가씨.

고마워요, 올리.

베로니카가 있는 층으로 올라가자 정신이 들었고, 그제야 이 늦은 시각에 불쑥 찾아온 게 예의없단 생각이 들었다. 하지만 베로니카의 방문은 열려 있었다.

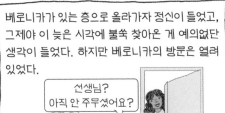

선생님? 아직 안 주무셨어요?

시린!

당연하죠. 지금이 글 쓰기 제일 좋은 시간인걸. 방송도 안 나오고 간호사들이 갑자기 들어와서 바늘로 찌르지도 않고.

몸은 좀 어떠세요?

아주 좋아요. 이제 집으로 돌아가도 되는데 제니가 계속 불안한지 좀 더 있으라고 하네요.

그런데 시린은 괜찮아요? 엄청난 밤을 보낸 얼굴인데.

룸메이트랑 키스를 해버렸어요.

누구였을까… 니나?

웩, 생각만 해도 토 나와요, 선생님!

우리 집 '유령'이랑요.

그래서 집에 들어갈 수가 없다?

그것도 그렇고 그냥 요즘 저라는 인간이 쓰레기 같아서요.

제 인생이 불행한 건 그렇다 쳐도 절친을 위해 기뻐하지도 못하다니 뭐랄까, 그림자만 남은 인간이 된 것 같아요.

잘 모르겠어요. 『이방인』을 미치게 혐오했는데, 요즘 제가 그 주인공이 된 것 같아요. 절망 말고는 아무것도 느끼지 못한다는 게 그래요.

내가 보기에는 이보다 더 환하고 따뜻할 수가 없는데요.

무슨 감정인지 알아요. 나이가 들수록 그걸 받아들이는 게 점점 수월해지더라고요. 적어도 전처럼 바라보지는 않죠.

"나는 종교적인 사람이 아니라 의미를 스스로 찾아내야 하는데, 글 쓰는 걸 좋아하니까 글을 써요. 맛있는 음식을 먹고 재미있는 책 읽는 걸 좋아하니까 그렇게 하고요. 좀 단순하긴 하지만 내가 카뮈는 아니니까. 절망감이 찾아올 때도 할 줄 아는 걸 하려고 해요. 글 쓰고 책 읽고 가끔 울기도 하고 당연히 잘 챙겨 먹고. 맛있는 쌀국수가 내 일주일을 바꿔놓은 기억이 얼마나 많은지 알아요?"

헉. 이 말을 베개에 새겨둬야겠어요. 감사해요, 운동을 시작하라는 둥 그런 흔해 빠진 말 안 해주셔서.

당연하죠. 난 작가예요. 하루에 앉아서 몇 장씩 글 쓰는 게 내 육체노동의 전부인데, 그런 내가 땀 흘리는 일에 대해 뭘 알겠어요?

겸손이 너무 지나치신데요! 저 선생님 자서전 읽고 있는데 제가 꿈꾸는 여성의 모습은 선생님이 아닐까 싶어요. 물론 이 지긋지긋한 상황이 언젠가 끝나고 나서요.

그런데 궁금한 게 하나 있어요.

뭔데요?

제가 오늘 소주를 코가 비뚤어지게 마셔서 헛소리한다 싶으면 가볍게 무시하셔도 되는데요.

선생님 자서전에 연애나 결혼이나, 하다못해 가벼운 만남 같은 얘기조차 없더라고요. 일부러 빼신 거예요, 아니면 선생님에게는 그게 중요한 문제가 아닌 거예요?

어쩌다 한 번씩 있긴 했지만 오래 가진 않았어요. 내 입으로 말하긴 좀 그렇지만 제법 인기는 많았거든요.

그리고 그 자서전은 내 삶을 소개하는 거잖아요. 사람들은 왔다가도 계속 그 자리에 있는 건 나죠.

"너무 당연한 말 같지만 나만큼 나를 잘 아는 사람은 없어요. '나'에 대한 정보를 담을 그릇도 나뿐이고요. 그걸 나눠 담을 애인도 아이도 없으니. 내 작품을 재출간하겠다는 니나를 끝까지 말리지 않은 것도 그 때문일지 몰라요."

"나를 위해 새로운 작품을 쓰고 싶기도 했고요. 나를 위한 나의 선물. 어쨌든 나는 나를 사랑하니까."

시린은 그 말을 머릿속에서 계속 읊조렸지만 스스로에게 하려고 하자 찌르는 듯한 통증이 느껴졌다.

나 이거 끝낼 동안 좀 쉬어요.

자도 돼요. 여기가 조식은 끔찍해도 숙취에 좋은 약은 많거든.

시린은 베로니카가 자판 두드리는 소리를 들으며 잠이 들었다.

야근하는
사람을
건드리지 말 것

니나는 야근할 때 자신만의 루틴이 있었다.

플레이리스트 틀고

브래지어 풀고

구두 벗고

서머타임이 시작되자 동료들은 일찍 퇴근했다. 이 도시가 항상 음울하고 썰렁한 구렁텅이는 아니라는 걸 그들은 기억하고 있었다. 빈 사무실에서 일이 가장 잘 된다고 생각하는 니나는 이 틈을 타 야근을 했다. 누구한테 잘 보이기 위한 것도 아니었다. 책상 아래 숨겨놓은 발 마사지기의 도움을 받아가며 열심히 할 일만 했으니까.

베로니카의 자서전 소개 자료와 손익 분석을 마무리 지어서 며칠 안으로 편집부장에게 제출할 예정이었다. 일이 빠르게 진행되고 있었다. 릴라는 클리오출판사와 협상 중이었다. 모든 조짐이 좋았다.

하지만 베로니카의 반응을 살피러 웰스프링에 잠깐 들렀을 때 베로니카는 기뻐하면서도 어째 남 일 대하듯 했다.

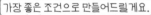

가장 좋은 조건으로 만들어드릴게요.

니나를 믿어요. 하지만 지금 내게 돈은 별 의미 없어요. 이 세대가 나를 어떻게 생각할지 그게 궁금할 뿐.

분명 폭풍 같은 찬사를 받으실 거예요.

곧 알게 되겠죠. 수십 년의 정적을 겪었으니 아주 조그만 반응도 우레처럼 느껴질 거예요.

사무실로 돌아온 니나가 열심히 자료 조사를 하고 있을 때 휴대폰이 울렸다. 타이시였다.

자기, 나야.

언제 퇴근해?

(타이시가 자신을 '자기' 아니면 '베이비' 어쩌다 한 번씩 '니니케이크'라고 부른다는 사실은 시린과 실비아에게 비밀이었다.)

이것도 시린과 실비아에게는 비밀이었지만 이들 커플은 구글 캘린더를 공유하며 데이트, 집안일, 섹스에 이르기까지 모든 스케줄을 미리 정했다.

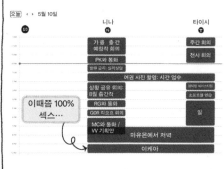

로맨틱과는 거리가 멀었지만 둘 다 일이 바쁘다 보니 어쩔 수 없었다.

니나는 신성한 일터를 타이시에게 보여주고 싶지 않았다. 실비아가 몇 층 아래에서 근무하게 된 것도 적응하려면 시간이 필요한데.

니나는 지금 자기가 싸우려 든다는 걸 알고 있었지만 멈출 수가 없었다.

내가 금융이 아니라 별로 중요하지도 않은 출판 일 하면서 바쁜 척한다는 거야?

얘기가 어떻게 그렇게 돼? 나는 그냥 너랑 저녁을 같이 먹고 싶을 뿐이라고.

얘기했잖아! 바쁘다고!

알았어. 그럼 저녁은 동료들이랑 먹을게.

니나는 전화를 끊고 다시 일에 집중하려 했다.

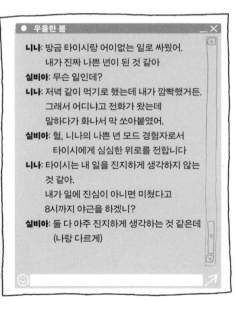

● 우울한 봄

니나: 방금 타이시랑 어이없는 일로 싸웠어.
내가 진짜 나쁜 년이 된 것 같아

실비아: 무슨 일인데?

니나: 저녁 같이 먹기로 했는데 내가 깜빡했거든.
그래서 어디냐고 전화가 왔는데
말하다가 화나서 막 쏘아붙였어.

실비아: 헐, 니나의 나쁜 년 모드 경험자로서
타이시에게 심심한 위로를 전합니다

니나: 타이시는 내 일을 진지하게 생각하지 않는
것 같아.
내가 일에 진심이 아니면 미쳤다고
8시까지 야근을 하겠니?

실비아: 둘 다 아주 진지하게 생각하는 것 같은데
(나랑 다르게)

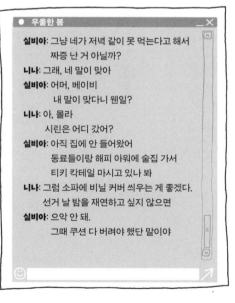

● 우울한 봄

실비아: 그냥 네가 저녁 같이 못 먹는다고 해서
짜증 난 거 아닐까?

니나: 그래, 네 말이 맞지

실비아: 어머, 베이비
내 말이 맞다니 웬일?

니나: 아, 몰라
시린은 어디 갔어?

실비아: 아직 집에 안 들어왔어
동료들이랑 해피 아워에 술집 가서
티키 칵테일 마시고 있나 봐

니나: 그럼 소파에 비닐 커버 씌우는 게 좋겠다.
선거 날 밤을 재연하고 싶지 않으면

실비아: 으악 안 돼.
그때 쿠션 다 버려야 했단 말이야

시린은 소주 참사 이후 과하게 일찍 출근하기 시작했다. 웰스프링에 죽치고 있다가 새벽 1시나 2시에 집에 들어갔는데, 베로니카 옆에 있으면 마음이 평온해지기 때문이기도 했지만 이수를 피하기 위해서이기도 했다.

과하게 이른
출근길의 플레이리스트
펄프와 캐런 오

과하게 이른
출근길의 커피
바닐라 스위트 크림
니트로 콜드브루

이수가 아무렇지 않게 넘어가줘서 더 창피했다.

시린, 걱정 마! 나는 지금까지 만나는 룸메이트마다 그랬어. 별거 아니야.

고마워. 그냥 우리가 어색해지지 않았으면 해서….

별소릴 다 한다. 나는 소주 마시고 더 어이없는 짓도 많이 벌였는걸. 나 구글링해보면 큰일 난다, 알았지?

이수가 머레이 힐로 이사하기로 한 날까지 일주일밖에 안 남았다. 일주일 정도면 시린도 괜찮았다. 사무실 비품 창고에서 낮잠을 자며 버텨보자고 스스로 다짐했다.

소주 참사가 벌어지고 3일이 지난 어느 아침이었다. 대개 8시까지 한적한 사무실이 그날은 7시부터 북적거리기 시작했다.

시린은 옆자리의 역사책 편집 어시 카를라에게 무슨 일이냐고 물었다.

우리 편집자님 말로는 관리급 전체가 이상한 이메일을 받았는데 오늘 엄청난 회의가 있다고 했대.

자세한 설명이 없어서 다들 패닉 상태야. 편집자님이 나를 예뻐해서 미리 대비하라고 알려주셨어. 그래서 일찍 출근해야겠다 싶었지.

엘렌은 아무 말도 없었다. 사실 엘렌은 시린의 파리 출장 이후로 뉴욕 사무실을 찾는 횟수가 점점 줄었고, 메일이나 전화는 자주 했지만 전처럼 다정하지는 않은 느낌이었다.

안녕, 달링. 나 다음 달엔 뉴욕 못 가. 필요한 일 있으면 코트다쥐르로 연락 줘.

와, 멋져요.

프랑스 사람들은 휴가에 목숨 걸거든. 나랑 꼭 연락해야겠다는 저자가 있으면 정신 차리라고 전해줘.

어디선가 불안이 나지막이 부글거리기 시작했다.

8시 30분이 되자 전원이 출근한 듯했고 정적 아닌 정적이 으스스하게 감돌았다. 아무도 커피를 내리거나 통로를 지나며 우렁차게 인사하지 않았다. 들리는 소리라고는 각자의 자리에서 수군대는 소리뿐이었다.

9시 정각에 대표 티에리 베르나르의 메일이 전 직원에게 발송됐다.

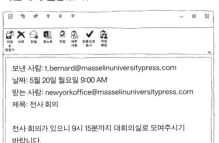

보낸 사람: t.bernard@masselinuniversitypress.com
날짜: 5월 20일 월요일 9:00 AM
받는 사람: newyorkoffice@masselinuniversitypress.com
제목: 전사 회의

전사 회의가 있으니 9시 15분까지 대회의실로 모여주시기 바랍니다.
뉴욕 지사 전 직원이 참석해야 합니다.
자세한 사항은 추후 전달하겠습니다.

감사합니다.

시린은 다른 어시들과 함께 불안을 달래며 삼삼오오 회의실로 갔다. 그들은 평소처럼 뒤에 섰고 거대한 회의 테이블이 있던 자리에는 편집자들이 앉았다.

나 말고 또 무서워진 사람?

올해 자원봉사의 날은 언제인지 발표하려는 걸 거야. 작년에는 웨스트사이드 고속도로에서 쓰레기 주웠거든. 알레르기 때문에 얼마나 고생했는지 몰라!

226

모두 참석하자 대표가 단상에 올랐다. 시린은 처음 보는 실물이었다. 엘렌은 들릴락 말락 하게 그를 'Un petit Con'이라고 부르곤 했다('좁쌀만 한 개자식'이라는 뜻이다).

반갑습니다. 이렇게 갑작스레 회의를 소집해서 미안합니다.

하지만 여러분 모두 분기별 예측 보고를 좀 더 자세히 들여다보길 바라는데요….

MUP

그가 분기별 실적 얘기를 장황하게 늘어놓기 시작하자 시린은 눈이 감겼다.

설명이 이어지는 동안 화분 뒤로 몸을 숨긴 채 눈을 감고 있다가 누가 팔꿈치로 세게 찌르자 눈을 번쩍 떴다.

뭔데…?

가자! 이동해야 해!

시린은 종이가 붙어 있는 벽을 향해 종종걸음 치는 다른 어시들을 따라갔다. 다들 목을 길게 빼고 이름이 적힌 종이를 훑어보고 있었다.

뭘 찾아야 하는 거야?

네 이름이랑 어느 방으로 배정받았는지.

알고 보니 어시들은 모두 같은 회의실로 배정됐다.

뭔가 불길한데….

227

잠시 후에 대표가 인사과의 실라와 함께 왔다.

모두 이 자리에 참석해줘서 고마워요. 좀 전 회의에서 말했다시피 요즘 출판계가 불황을 겪고 있어요.

여러분이 우리 편집자들에게 얼마나 소중한 존재인지 압니다. 여러분은 우리 출판사에 없어서는 안 될….

요점만 말해, 이 새끼야.

망했다. 실라라니. 예감이 안 좋아.

…하지만 긴축 재정으로 인해 이달 말까지 여러분 모두와의 계약을 종료해야 합니다.

아주 힘든 결정이었고 여기 인사과에서 이 과도기를 잘 지나갈 수 있도록….

시린의 귀에는 좁쌀만 한 개자식의 다른 말이 들리지 않았다. 공포와 금전적 불안이 몰려오면서 백색소음의 세찬 물결이 귀청을 파고들었다.

경정사에 자리 있는지 알아봐야 하나?

식당에서 일하는 시간을 늘릴 수 있을까?

통장에 돈이 얼마나 남았지? 남은 돈이 있긴 한가?

본가 가서 잠깐 엄마랑 같이 살아야 하나?

놀랍게도 모두가 시린을 따라 나섰고 대표와 실라는 놀라서 아무 말도 하지 못했다. 그들은 6번가를 행진해 낸시위스키로 갔다.

이후 몇 시간 동안 다 같이 술을 마시고 서로 부둥켜안고 울다가 코리아타운의 노래방에 갔다(역시 시린의 아이디어였다).

스탠퍼드 로스쿨을 버리고 이 회사에 들어왔는데!

나는 씨, 편집자 아들 할례식까지 쫓아갔다고!

갑자기 일자리가 없어져서인지 위스키사워 네 잔이 들어가서인지 몰라도 목청 터져라 노래를 부르고 났더니 묘하게도 마음이 평온해졌다.

♬I never conquered, rarely came

Sixteen just held such better days... ♪

시린은 요란하게 노래를 마치고 애정이 넘치는 동료들의 품속으로 쓰러졌다.

♪ <Adam's Song> - 블링크182 (1999)

저녁이 돼도 집에 가야겠다는 생각은 들지 않았다. 현기증을 달래며 열차를 타고 할렘으로 갔다.

선생님, 축하해주세요! 폭죽을 터트려요!

저 이제 백수 됐어요! 그리고 취했고요.

아이고, 와서 앉아요. 물도 좀 마시고. 괜찮아요?

그럼요. 원하던 대로 자유로워졌어요! 물론 이제 망했고요! 9일 뒤면 저 파산하거든요!

그런 걱정은 내일부터 해도 돼요. 오늘은 좋은 것만 생각해요. 진짜 자유로워졌다는 거!

마냥 자유롭기만 하진 않네요. 어떻게 살아야 할지는 여전히 모르겠어요.

그건 나도 아직 모르겠지만, 고민하는 동안 이거 읽어봐요.

시어도어 드라이저
시스터 캐리
MODERN LIBRARY

내가 좋아하는 작품인데 읽다보면 모든 잡념이 사라져요.

시린은 순순히 받아 들고는 읽기 시작했다. 첫 장부터 흥미롭고 아이러니한 유머가 느껴졌지만 갈수록 졸음이 쏟아졌다. 결국 시린은 꾸벅꾸벅 졸기 시작했다.

베로니카가 『시스터 캐리』를 좋아하는 이유는 결혼 대신 열정과 성공을 선택한 여주인공을 벌하지 않는, 그 시대로서는 보기 드문 작품이기 때문이다.

잠에서 깨니 새벽 2시였다. 베로니카는 타자기를 커버로 덮어놓고 침대에서 코를 골며 자고 있었다. 시린은 조용히 소지품을 챙겨서 나왔다.

오늘도 고마웠어요, 선생님.

거리는 뉴욕 치고 조용했다. 지나가는 자동차 소리와 블록마다 한 토막씩 들리는 말소리가 전부였다.

집단 학살자들과 면담한 이후로 처음 느낀 고요함이었다.

열차를 타고 귀갓길에 오르긴 했지만 집으로 들어가고 싶지는 않았다. 집 계단에 다다랐을 때, 베로니카 집 열쇠가 있다는 게 떠올랐다.

시린은 관 뚜껑을 여는 심정으로 집 안에 들어갔다. 불을 켰을 때 듬성듬성 비어 있는 책꽂이가 눈에 들어오자 왠지 모르게 가슴이 무너졌다.

이 집이 이렇게 비어 있으면 안 되는데….

방 안으로 들어갔다가 헉하고 숨을 토했다. 침대 위에 걸린 베로니카의 사진을 처음 마주했다.

베로니카의 자서전 중에서 '사진' 챕터가 가장 인상적이라던 실비아의 말이 생각났다. 시린은 실비아가 복사해준 베로니카의 원고를 가방에서 꺼내 읽기 시작했다.

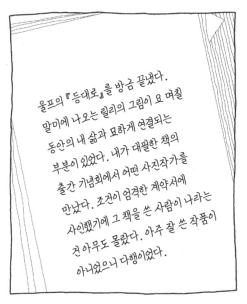

울프의 『등대로』를 방금 끝냈다. 말미에 나오는 릴리의 그림이 요 며칠 동안의 내 삶과 묘하게 연결되는 부분이 있었다. 내가 대필한 책의 출간 기념회에서 어떤 사진작가를 만났다. 조건이 엄격한 계약서에 사인했기에 그 책을 쓴 사람이 나라는 건 아무도 몰랐다. 아주 잘 쓴 작품이 아니었으니 다행이었다.

"그가 내게 접근한 이유는 우리 둘 다 한쪽 구석에서 책꽂이를 보고 있어서였다. 나는 파리에 가면 대개 그랬다. 다른 남자들이 곁눈질만 하고 말은 걸지 않는 걸 보면 그는 유명 인사인 것 같았다."

그쪽도 서재에 숨어 있는 건가요?

응접실보다는 여기가 좋아요 책은 많고 사람은 적어서.

게다가 이 펜트하우스가 숨 막히도록 화려해서 환기가 필요했어요.

인테리어가 주인의 성격을 말해주죠. 나도 몇 달 전에 첫 집을 장만했는데 나만의 왕국이라 생각하고 꾸미려고 해요.

엄청 뿌듯해 보이시네요.

맞아요, 저로서는 대단한 업적이거든요.

댁에서 제가 사진을 찍어드려도 될까요?

"나는 깜짝 놀랐다. 무례하거나 선을 넘어서가 아니었다. 다른 사람도 아닌 나를, 그것도 손바닥만 내 집에서 찍겠다는 데 놀란 거였다."

왜 나를 찍고 싶은데요?

가장 편안하고 자신감이 차오르는 공간에 놓인 사람들을 관찰하면 재밌거든요. 180도 달라질 때가 많아요.

흠, 그럼 내일 어때요?

"몇 시간 동안 쓸고 닦았지만 그는 집은 별로 둘러보지도 않고 말없이 거실에 장비만 설치했다. 너무 긴장해서 말도 붙일 수가 없었다."

"전문가에게 사진을 맡긴 건 여권 사진이 마지막이었다. 책에 실린 내 프로필 사진도 그걸로 썼다. 음울하고 생기 하나 없는 그걸로."

좋아요, 아주 편안하게 있을 수 있는 곳을 골라요

어... 여기요

흠, 다른 데는 없어요?

여기는요?

글쎄요...

보시기에 괜찮은 곳 있어요?

거실로 다시 가봅시다.

235

"그는 바닥을 가리켰다. 내가 바닥에 앉자 그도 나와 마주 보고 같이 앉았다."

여기가 처음으로 장만한 혼자만의 집이에요?

네. 그전에는 내 방조차 가져본 적 없어요. 항상 언니, 동생이나 사촌 아니면 룸메이트랑 같이 썼죠.

이사 와서 제일 처음으로 한 게 뭐예요?

책을 풀었어요. 75년부터 여기저기 끌고 다녔거든요. 바다도 건넜고. 내 책들한테도 집이 필요했죠.

"바로 그 순간, 그가 사진을 찍었다. 셔터 소리에 놀란 나는 허리를 폈다."

신경 쓰지 말고

누워봐요.

"왜 그렇게 자연스럽게 그가 시키는 대로 했는지 이유는 모르겠다. 그는 카메라 덕분에 전문가처럼 보였지만 그게 없어도 자신이 무엇을 찾는지 알고 있는 듯한 분위기를 풍겼다. 그가 원하는 이미지를 구현하는 것이 내 역할이었다."

236

"그의 피사체는 유명인과 일반인부터 동물, 사물에 이르기까지 광범위했다. 파리장에서 처음 그와 대화를 나눈 뒤 집주인에게 그에 대해 물어보자 어떻게 모를 수 있느냐는 눈빛으로 나를 보았는데 이제 그 이유를 알 것 같다. 그는 나처럼 사라지는 능력이 있었다. 그래서 옆에 있다는 걸 잊게 된다."

우리 엄마는 나더러 어렸을 때부터 물질만능주의자라고 했어요. 인형을 가지고 놀기보다 보기 좋게 전시하는 데 더 신경을 썼거든요.

나는 책도 그래요. 물론 읽긴 하지만 책꽂이에 꽂아놓고 점점 늘어나는 걸 보는 것도 좋아해요. 허영심이 심하죠?

전혀요.

이 아파트도 비슷해요. 50년이 지나면 차마 버리지 못한 온갖 쓰레기로 가득 찰 거예요.

쓰레기 아니에요, 소유물이지.

맞네요. 소유물. 이제 드디어 그 소유물에 집이 생긴 거예요.

"내가 별로 안 움직이고 포즈를 바꾸지 않아도 그는 계속 사진을 찍었다. 그렇게 몇 분 동안 말없이 앉아 있다가 또 사진을 찍거나 필름을 갈곤 했다. 나는 그가 옆에 있다는 걸 잊고 애써 내 집에 집중했다."

"그의 말이 맞았다. 나는 여기서 안정감을 느꼈다. 울프가 『등대로』에서 말한 '일상의 작은 기적' 중 하나가 내 집이었다."

집을 떠나기 전에 엄마가 그러더라고요. 돈을 보내라고. 가족들을 데려가면 더 좋다고. 나는 무슨 수로 그럴 수 있을지 모르면서 알겠다고 했어요. 취직이 되자마자 정말 돈을 보냈고 지금도 보내는 중이에요. 근데 다른 사람들은 죽거나 이사 가거나 연락이 끊겼고 여기 이렇게 나 혼자 남았네요.

"엄마는 내가 이런 삶을 더 좋아한다는 사실에 충격받았을 것이다. 그 먼 길을 건너와 그렇게 많은 시간을 일하며 그토록 많은 원고를 쓴 이유가 나 혼자 살고 싶어서였다는 사실에."

"그 순간 입가에 미소가 번졌다. 그리고 바로 그때 그가 마지막 사진을 찍었다."

데브가 일주일 동안 발리로 휴가를 떠났다가 화상 입은 얼굴로 돌아오자 실비아는 드디어 면담을 신청할 수 있었다. 다행히 집에서 보자고 해서 멋대로 끼어드는 이브 없이 만날 수 있었다.

그래, 어쩐 일로?

스카우트 제안을 받았어요. 요리책을 내는 곳에서요.

그쪽으로 옮길 생각이라 미리 말씀드리려고요.

아니, 여기서 일한 지 1년도 안 됐잖아.

네, 짧은 시간 동안 많은 경험을 쌓았어요. 하지만 변화가 필요해서요.

변화를 요리책 출판사에서?

요리책도 재밌을 것 같아요.

이브와 함께 8시간씩 유리 감옥 안에 갇혀 있노라니 지긋지긋한 사무실에서 탈출하려고 죽은 척하는 매기 리어슨의 심정이 이해된다고 말하고 싶었지만 참았다.

그 원고 때문이야? 이브 말로는 자기가 진행하려고 하니까 실비아가 삐쳤다고 하던데.

삐친 거 아니에요.

실비아는 자신의 짧은 대답이 애 같다는 걸 알았다. 하지만 이브와 관련된 일이라면 길게 설명할 기운조차 없었다. 이브 같은 사람 앞에서 자기 존재 가치를 끊임없이 증명해야 할 때 느껴지는 감정에서 벗어나고 싶을 따름이었다.

나도 그 원고 읽었고 책으로 낼 만하다고 생각해. 처음 그 원고를 발견한 사람이 실비아라는 것도 고맙게 여기고. 이런 일로 회사를 떠나지는 않았으면 좋겠어.

원고 때문에 떠나는 건 아니에요. 다만 이브랑 문제가 있는 건 맞아요.

이브 이야기를 꺼내게 될 줄은 몰랐는데, 사무실에서 벗어나자 갑자기 말이 술술 나왔다.

이브와 같이 일하기가 쉽지 않아요. 사사건건 걸고넘어지거든요. 제가 뭘 잘하면 공을 가로채거나 모르는 체하고, 뭘 잘못하면 말도 안 되게 화를 내요.

저를 사무실 관리인 정도로 취급하기도 하고요. 잘난 체하고 예의도 없어요.

왜 진작 얘기 안 했어?

이브가 성격이 세긴 해도 추진력은 끝내주는데. 둘이 그렇게 안 맞았다니 안타깝네.

대표님도 말씀하셨다시피 입사한 지 1년도 안 됐으니 그냥 참고 견뎌야 하는 줄 알았어요, 바보처럼. 하지만 다른 데로 옮길 기회가 생겼으니 놓치지 않으려고요.

괜찮습니다. 거짓말이다!

데브 같은 부류와 이브 같은 부류는 서로 죽이 잘 맞는다는 걸 실비아는 알고 있었다. 그래서 그런 사람에게 인정받으려는 것도 지쳤다는 말로 데브를 이해시키는 건 의미가 없었다. 인생 대부분을 이브 같은 사람들에게 잘 보이려고 애를 쓰며 살아온 실비아의 입장을 이해할 리 없었다.

와아, 너 영어 진짜 잘한다!

너는 분명 옐로 레인저가 될 수 있을 거야!

이브
직장 동료

제스
NYU 문학지 편집장

디
어반아웃피터스 점장

매디
걸스카우트 7237부대

아무튼 감사했어요, 대표님. 핸섬에서 많이 배웠어요.

아휴, 그만둔다니 슬프네. 잡을 수 있으면 좋을 텐데.

연봉을 올려준대도
안 되겠어?
당장 이번 달부터…

지금의 두 배!
어때?

순간 그 돈이면 얼마나 많은 고급 향초들을 살 수
있을지가 떠올랐다. 하지만 이내 그만두었다. 더
는 견딜 수 없었다.

말씀은 감사하지만
저는 이미 결정을 내렸어요.

데브의 집을 나서며 휴대폰을 열어보니 이브에게
메일이 와 있었다.

10:22

메일
이브
제목: 긴급! 살균티슈가
다 떨어졌어!!!!

실비아는 날아갈 것 같았다. 옳은 선택이었다.

열차를 갈아타 플러싱까지 가서 덕 바오 번 가게
를 찾았다. 12개를 사들고선 자축하기 위해 베로
니카에게 갔다.

편집부장 리디아와 회의가 잡힌 날, 니나는 사무실에 제일 먼저 출근했다.

♪There's blood in my mouth 'cause I've been biting my tongue all week...♬

이미 다 외운 메모장을 훑어보고 시린이 오래전에 만들어준 '앞머리 있는 인디 여자 보컬' 플레이리스트를 들으며 마음의 준비를 했다.

♪<Portions for Foxes> - 릴로 카일리 (2004)

회의 시간이 됐을 때는 콜드브루에 취해 흥분한 상태였다.

다 덤벼!!

리디아의 방은 니나가 꿈꾸던 그런 모습이었다. 혼자였다면 이미 셀카를 찍고 '언니 방이다'라고 제목을 달아서 친구들에게 보냈을 것이다.

어서 와요, 니나.

미안하지만 내가 오늘 좀 바빠서요. 원래 11시 30분까지 얘기 나누기로 했는데 타일러야 할 저자가 생겨서 짧게 끝내야겠어요.

알겠습니다! 빠르게 말씀드릴게요!

리디아는 이 임프린트에서 가장 유명한 저자, 집 전화만 쓰면서 북부 시골에 사는 노벨상 수상 작가들만 관리했다.

제가 원고랑 손익 분석을 보내드렸다시피 베로니카 보 선생님은 과거에…

네, 오늘 아침에 전부 잃었어요.

원고를 다, 다요?

거의 다. 문장도 아름답고 그분의 삶이 어떤 점에서 매력적인지도 알겠더라고요. 패티 스미스의 책 이후로 70~80년대의 대중들이 다시 돌아오기도 했고요.

그러니까요! 저는 그 시대 사람들의 자서전을 좋아하지만 남들과는 조금 다른 관점이 담긴 자서전이 나왔으면 하는 생각이 항상 있었거든요.

베로니카는 상까지 받은 작가임에도 불구하고 성차별, 인종차별, 외국인 혐오를 견뎌야 했고…

그때, 리디아는 벨이 울리길 바라기라도 하는 듯 자기 휴대폰을 흘끗 쳐다봤다.

스토리도 그렇고 다 훌륭하지만 이 시대 독자들이 베로니카를 알까요?

부커상을 받고 사라졌는데 무슨 수로 독자들의 관심을 끌 수 있겠어요?

살아 있는 전설이잖아요. 아시아계 미국인, 아니 미국을 대표하는 작가죠. 그분을 새로운 독자들에게 재소개할 기회예요. 작품 재출간뿐 아니라…

재소개? 재출간?

리디아가 말을 끊은 게 이번이 세 번째였다. 니나는 편집부장이라는 직급을 우러러보았지만 짜증이 치미는 건 어쩔 수 없었다.

봐요, 이건 베로니카의 첫 번째 무대가 아니에요. 전에 기회가 있었고 그걸 잘 살려서 부커상을 받았으니까요. 그 작품은 지금도 아시아 문학 수업 교재로 쓰이고 있을 거예요. 마땅히 그래야 할 테고.

다른 작품도 많이 썼고 그것들도 전부 훌륭한걸요.

젠장, '살아있는 전설' 이라는데 왜 알아 처먹질 못하는 거야?

진가를 인정받지 못하는 작가가 한둘이겠어요? 안타깝게도 그들 모두 시장성이 있는 건 아니죠. 판매의 기복이 심했던 1990년대라면 더욱더.

자, 이건 어때요. 『모비딕』은 멜빌 생전에 판매가 저조했지만 인터넷으로 홍보를 하거나 포경업을 다룬 경쟁작이 줄줄이 등장하지 않았어도 사후에 독자층을 확보했죠.

그렇게 따지면 모든 작품이 가능성이 없는 것 아닌가요? 『모비딕』은 『모비딕』이죠. 게다가 아주 과거의 일이고요. 우린 지금 새로운 이야기와 재능 있는 작가에 투자해야 하지 않을까요? 이미 엄청난 상을 받은 분인데 또 뭘로 자신을 입증해야 하나요?

판매 부수로요. 니나가 제시한 숫자가 희망적이기는 하지만 그분의 다른 작품은 할인 코너로 좌천됐잖아요. 자서전을 출간하기에 훌륭한 근거는 못 되죠.

니나가 반박할 겨를도 없이 휴대폰 벨이 울렸고 리디아는 회의가 끝났다는 데 한시름 놓은 티를 냈다.

미안해요, 니나. 하지만 받아야 하는 전화라서요.

니나는 멍하니 자기 자리로 돌아갔다. 리디아의 판단이 틀렸다는 걸 증명하고 베로니카의 자서전을 출간할 여러 방법을 서둘러 강구했지만 그냥 접고 싶은 마음도 들었다.

이럴 때 니나가 찾는 스트레스 해소법

누텔라가 꽉찬 붕어빵

팩팩거리는 동양인 아주머니에게 90분 동안 추나 마사지 받기

분노의 낮잠

246

하지만 꼿꼿이 버텼다. 자기 자리로 돌아가 메일 답장을 보내고 회의에 참석하고 평소처럼 완벽하게 업무를 처리했다.

리디아와의 회의에서 받은 충격이 니나를 온전히 강타한 건 퇴근길 지하철 안에서였다. 니나와 비슷한 파워 재킷을 입은 여자가 맞은편에 앉아 말없이 울고 있었다.

니나도 같이 울었다.

코트스퀘어역에 도착했을 무렵에는 둘 다 눈물이 말랐고, 그들은 서로에게 눈길 한번 주지 않고 열차에서 내렸다.

시린이 회사에서 잘렸다고 선포하자 세 친구는 주말에 가장 좋아하는 훠궈 가게에 모여 육수에 서부터 재료에 이르기까지 모든 선택을 시린에 게 맡겼다(게맛살은 필수였다).

아직도 믿기지가 않아. 영업 이익 어쩌고 하길래 웃기려고 하는 말인 줄 알았어.

아니, 학계 사람말고 누가 학술서를 사?

우리 회사에 직원 뽑는 데 있나 볼게. 우리 셋 다 같은 데서 일하면 재밌을 것 같지 않아?

정말 눈물 나게 고맙지만 너희 회사는 싫어.

왜?

너희 회사나 출판계에 악감정은 없다만 또 사무실에서 일하거나 관심도 없는 책 만드는 건 상상만 해도 스트레스받아서 정신 나갈 것 같아.

이해해. 근데 나도 요리책 좋아하지는 않지만 꼬박꼬박 들어오는 월급과 경멸스럽지 않은 동료는 감사해.

누가 알겠어? 내가 요리책을 사랑하게 될지.

사무직은 나한테 안 맞는 것 같아.

그럼 뭐하고 싶은데? 대학원?

비빙카에서 근무시간 늘려보려고. 그리고 이수가 서점에서 일했었는데 거기 나 추천해주겠대.

나도 애 봐주던 집에 연락해볼게. 저녁에 사람 필요할 수도 있으니까.

고마워, 다들.

너 이수랑은 계속 연락해? 걔 집에 거의 없었잖아.

...응, 엄청 괜찮은 애야.

뜨거운 훠궈 때문인지 오바이트가 동반된 키스 사건의 기억 때문인지 몰라도 시린의 얼굴이 달아올랐다.

시린은 회사에서 잘리자마자 실비아와 니나에게 경보 발령 문자를 보냈다. 그런 뒤 곧바로 모든 친구에게 미친 듯이 문자를 돌렸고 이수에게 가장 먼저 답장을 받았다.

진짜 어이없다. 나도 전에 잘려봤는데 충격이 심했어.

워드 서점에서 파트타임 뽑는 것 같던데. 전에 일했던 데라 너 추천해줄 수 있어. 거기 제법 괜찮아.

진짜? 고마워!

그리고 소주 마신 날 밤에 미안했어. 그러면 안 되는데 내가 미쳤나 봐. 너랑 계속 어색하게 지내기 싫어.

괜찮아. 엄청 화끈하던데 뭘?

니나는 화가 난 애니메이션 악당 표정을 짓고 있었다. 일장 연설을 늘어놓으려는 것이었다.

그러니까 웨이트리스, 판매원, 베이비시터를 하겠다고? 다른 직장 알아보는 동안에는 그렇다 쳐도 장기적인 일자리는 아예 알아보지도 않을 생각이야?

계속 아무 일이나 하다가는 너도 모르게 그게 네 삶의 전부가 될 거야.

알았으니까 흥분하지 마. 누가 책임감밖에 없는 아시안이 아니랄까 봐.

일단 방값을 내야 하잖아. 나중에는 나아지겠지만 지금은 사무실로 돌아가느니 차라리 죽고 싶을 정도야. 베로니카 선생님도 여건이 되자마자 사무직 때려치우셨다고.

실비아는 불도저가 본격적으로 가동되기 전에
니나를 진정시켜야 한다는 걸 알았다.

시린은 걱정 마. 이수가 이달 치 방값
내고 나갔고, 막 뜨고 있는 동네라
들어오겠다는 사람도 많아. 시린이 지금
당장 미래를 결정할 필요는 없잖아.

당연하지. 하지만
이 도시는 물가가 워낙
비싸고 평생 생계형
일자리만 전전할까 봐
걱정돼서 그러지.

누구나 마법처럼 자기가 사랑하는 일을
찾을 수 있는 건 아니야. 네가 운이 좋았지.

그리고 한 번만 더 그놈의
'생계형 일자리' 운운하면
고추기름 눈에 확 부어버린다.

훠궈가 끓기 시작했다. 아무도 말을 하지 않았다.

…어색하군…

김이 가라앉았을 때, 니나의 입이 일자로 다물어
져 있는 걸 보고 두 친구는 깜짝 놀랐다. 가뭄에
콩 나듯, 남들 앞에서 울음을 터뜨릴 때 나타나는
전조 증상이었다.

이들이 기억하기로
니나가 남들
앞에서 울었던 건
브루클린 음악원에서
〈패왕별희〉를
봤을 때뿐이었다.

251

워, 뭐야.
니나, 괜찮아?

편집부장이 베로니카 선생님의 자서전을
출간하지 않겠대. 아무도 기억 못 하는
작가라 너무 위험한 도박이라나. 그 생각이
틀렸다는 걸 아는데 바꿀 방법을 모르겠어.

내 일 때문에 화가 난 걸
너한테 풀어서 미안해, 시린.
나는 진짜 못된 년이야.

말도 안 돼. 선생님의 자서전이 얼마나
훌륭한데. 라이트하우스 손해다.

그러니까.
회사 때려치우고
타이시랑 결혼해서
스피닝 강사나 할까 봐.

에이. 그거 하나
망쳤다고 싹 다
불태워버리겠다고?

내가 오버하고 있다는 거 알아. 그냥
답답해서. 다른 회사 취직하기 싫은 거
이해해, 시린. 잔소리 퍼부어서 미안해.

괜찮아. 회사 때려치우지만 마.
홧김에 타이시랑 결혼하지도 말고.

적어도 우리랑 먼저
의논하고 하기!

아, 그건 걱정 마.

정말 결혼하기로 결심하면
몇 달 전에 구글 캘린더
초대 보낼 테니까.

직장 건강보험이 끝나기 전에 피오나 응우옌과 마지막 상담을 잡았다. 그동안 네 번의 상담을 마쳤고 시린은 자기 이야기를 길게 할 때 밀려드는 쑥스러움을 극복했다. 알고 보니 심리상담은 시린에게 잘 맞는 방식이었다.

피오나
응우옌
임상사회복지사

이제 끊어야 돼, 엄마. 상담 있어서.

알아! 끊을게, 엄마!

딸, 너 그러니까 진짜 뉴요커 같다!

그래서 요즘은 타이 코티지 생각을 많이 해요.

뉴욕대 근처에 있는 그 음식점이요? 소로리티* 애들이랑 한번 간 적 있어요.

시린은 의식의 흐름 속에 빠져 있었지만 잠깐 빠져나와 피오나가 소로리티 회원이었다는 놀라운 사실을, 피오나의 사적인 정보를 수집하는 머릿속 파일에 넣어두었다.

＊미국 대학 내 여성 사교 모임

네, 맞아요. 1학년 땐 거기가 우리에겐 〈프렌즈〉의 센트럴 퍼크 같은 곳이었어요. 커피 대신 태국 음식을 먹었지만. 제가 실비아, 니나랑 맹세를 한 곳이기도 해요.

맹세요?

알아요. 너무 드라마 같은 거. 하지만 제가 그런 걸 좋아해요.

"그날 저녁에 우리는 어떤 일을 하고 싶은지 이야기를 나눴거든요."

책을 사면 항상 맨 뒤편에 있는 감사의 글을 보는데, 책을 만드는 사람들을 드디어 만나게 된 거야. 편집자, 에이전트, 디자이너.

나도 그런 일 할 거야! 어떤 이야기를 세상에 소개할지 결정하는 사람 아니면 차세대 에드나 세인트 빈센트 밀레이를 발굴하는 사람?

지금은 인턴이지만 나도 언젠가 그중 한 명이 되고 싶어.

"출판사에서 일해볼까 하는 생각을 처음으로 하게 된 날이었어요."

"니나는 원래 편집자가 꿈이었어요. 전부터 우리 세대의 주디스 존스가 되고 싶다 그랬거든요. 저는 그때 그 사람이 누군지 몰랐지만 당찬 포부였죠."

니나가 주디스 존스를 존경했던 이유는 화려한 경력, 타오르는 열망…

…무엇보다 어시 시절에 투고 원고 뭉치 안에서 안네 프랑크의 일기를 발견했기 때문이었다.

주디스 존스

"그리고 실비아는 작가가 꿈이었으니 책이 만들어지는 모든 과정을 들여다보고 싶어 했죠."

실비아의 목표 설정의 중심에는 거의 20년 동안 편집자로 일한…

…미국을 대표하는 고전 작가 토니 모리슨이 있었다.

토니 모리슨

"저는 그냥 책을 좋아했어요. 책을 읽고 얘기하고 그런 거요. 그걸로 무슨 대단한 일을 하겠어요?"

"아마 그때 친구들에게 푹 빠져서 저에 대해 진지하게 고민해보지 못했던 것 같아요."

"그래서 하우스 와인을 2병 마시고 다 같이 끌어 안고서는 졸업하고 취직할 때 서로 도와주기로 맹세했죠. 그때 애네를 만난 지 몇 주밖에 안 됐지만 연애 문제로 얽히지 않은 베프가 유치원 때 만난 라모나 왕 이후로 처음이라, 당연하게 여길 수 없었어요."

닭살 돋는 말인데, 우리 무슨 일이 있어도 서로 밀고 끌어주면서 정상에 오르자.

혈서라도 써야 하나?

안 돼. 우리 지금 싸구려 와인에 피가 오염됐을 거야.

감동적이에요. 출근할 회사가 없어져서 조금 시원섭섭하겠지만 얘기를 들어보니 친구들을 의지할 수 있겠어요.

맞아요. 그래도 내가 뭘 원하는지 모르는 채로 살려니 힘들긴 해요. 그 유치한 맹세를 하고 모두 같은 목표를 향해 달릴 수 있어서 좋았거든요.

출판업계나 책과 관련된 일을 하고 싶은 마음이 아직 있어요?

잘 모르겠어요. 목적 없이 이런저런 일을 하면서 대출금 갚는 걸 미루는 게 한심하게 느껴지긴 해요.

엄마는 제 나이 때 신생 독립국에서 임신부의 몸으로 간호사로 일했는데 말이죠.

당신은 어머니와 다른 길을 선택했잖아요. 조금 너그럽게 생각해도 돼요.

나도 대학을 졸업하고 내가 무슨 일을 하고 싶은 건지 막막했어요.

그래서 어떻게 하셨어요?

시린은 전부터 베일에 싸인 피오나의 사생활이 궁금했다.

독일에서 오페어* 로 일했고...

서울에서 영어도 가르쳤고...

Umbrella

Acorn

...돈이 떨어져서 미네소타의 볼링장에서도 일해봤어요.

"여기저기 방황하고 다니다 본가에서 나와 심리학 박사 학위를 따서 심리상담사가 되기로 마음 먹었어요. 번쩍하는 깨달음이 온 게 아니라 권태와 좌절과 노력의 순간들이 쌓여서 여기까지 온 거죠."

＊ 외국 가정에서 집안일을 하면서 숙식을 제공받고 언어를 배우는 사람

(앤 테일러 로프트가 아니라) 앤 테일러로 완벽하게 단장한 피오나가 볼링장에서 냄새나는 신발을 정리했었다니 믿기지가 않았다.

타이 코티지에서의 맹세는 근사하고 명확한 출발점이었어요. 그렇게 분명한 순간이 있어야 다음 단계로 넘어갈 수 있지 않을까요?

그런 순간을 바라면 한참을 기다려야 할걸요?

볼링장 얘기까지 해주셔서 감사해요. 상담하시는 분들은 개인적인 정보를 공개하면 안 되는 줄 알았는데.

마지막 시간이잖아요. 뭐 어때요.

소로리티에서 활동하셨던 분치고 엄청 쿨하시네요.

조심해요. 건드리면 큰일 나는 동호회도 가끔 있거든요.

명심할게요.

니나는 레드 리본에서 산 페이스트리 한 상자를 들고 웰스프링을 찾아갔다. 평소 같으면 메일 한 통 보내고 끝이었겠지만, 베로니카는 니나에게 소중한 사람이었다. 나쁜 소식은 맛있는 빵과 함께 직접 전하는 것이 최소한의 예의였다.

선생님, 저희 부장님이 자서전을 출간하지 않겠대요. 공든 탑이 한순간에 무너지는 걸 보고 눈물이 터질 뻔했어요.

잘 참았어요. 내 원고가 울 정도도 아니고.

저는 노력했어요, 선생님. 정말 열심히요!

릴라가 재출간 문제로 클리오의 편집자와 의견을 나누는 중이라고 했어요. 그것만으로도 기대 이상이에요!

그게 다 니나 덕분이잖아요. 출간까지 이어졌다면 더할 나위 없었겠지만 그래도 내 책을 위해 이렇게 힘써줘서 정말 고마워요.

니나는 멍하니 듣고 있기만 했다. 계획대로 되지 않았을 때 현실을 받아들이기가 쉽지 않았다.

그런데 어느 작은 출판사에서 오퍼를 넣었대요. 핸섬출판사라는 데서.

웩, 이브네요.

맞아요. 나도 실비아 통해서 그 동료 얘기 들었어요.

나도 그런 인간 수없이 겪었어요. 타이피스트로 일한 회사에 커피잔 설거지까지 시키던 팀장도 있었거든요. 나중에 내 소설에서 살인자 이름에 그 팀장 이름을 그대로 갖다 썼죠.

그래도 거기라면 계약금 많이 받으실 수 있을 거예요. 그 회사 대표가 갑부거든요.

알아요. 1차 오퍼 때 상당한 금액을 제시하더군요.

2차 때도 그렇고.

나는 두 번 다 거절했지만.

네? 왜 그러셨어요?

자서전을 서둘러 출간할 생각은 없거든요. 애초에 실비아에게 그냥 읽어보라고 준 거예요. 몇몇 사람들 사이에서 읽히는 건 상관없지만 내가 준비가 다 됐다 싶을 때 내고 싶어요.

그리고 그렇게 되면 편집은 니나에게 맡기고 싶어요. 진짜 때가 됐을 때요.

선생님, 그렇게 말해주셔서 정말 감사해요. 물론 당장은 불가능할 거예요. 아직 말단이라 뭐 하나도 여러 사람을 거쳐야 되거든요.

알아요. 하지만 몇 년만 지나면 달라질 거예요. 니나가 권한 있는 자리에 앉았을 때 내 책을 맡아주면 정말 행복하겠어요.

니나는 원래 포옹을 별로 좋아하지 않지만 이번 만큼은 참을 수가 없었다.

감사해요, 정말.

아이고, 왜 울어요?

모르겠어요. 제 포부를 당황스러워하거나 비웃는 사람들만 봐서 그런가 봐요.

저 일본 연애 프로에서 한 시즌 내내 악당 취급받은 적도 있어요. 심지어 이상한 티셔츠까지 만들어졌고요!

야심만만한 여자를 대하는 태도가 늘 그렇죠. 세상이 아직 멀었거든요.

어쨌거나 나는 니나가 조만간 치고 나갈 거라고 믿어요. 그때까지 내가 버티고 있을지 몰라도, 이 책은 니나 거예요.

릴라도 이걸 알아요?

얘기했어요. 릴라는 당연히 내가 노망이 들었나 보다 생각하겠죠.

선생님 작품이 재출간되면 사람들 모두 생각이 달라질 거예요.

그나저나 처음으로 퇴짜를 맞았네요. 그 느낌 잘 기억해둬요.

끔찍해요 솔직히. 지는 게 세상에서 제일 싫어요.

그러면서 점점 강해질 거예요. 적어도 부글대는 그 분노가 유용하게 쓰일 때도 있죠.

어떤 식으로든 잘 활용해볼게요. 예를 들면 이 베이지색 감옥에서 선생님을 구출한다거나.

그래주면 소원이 없겠어요.

윌스프링에서 나온 니나는 아드레날린이 솟구치는 걸 느끼며 타이시에게 전화를 걸었다.

베이비, 무슨 일이야?

나 시린이랑 실비아네 집으로 돌아갈래.

갑자기 그게 뭔 소리야?

우리 사이에 달라진 건 없어. 다만 내가 결혼 생각 없는 것도 그대로라서. 애는 더욱더 싫고. 확실해.

아니…

일하러 가야 돼서. 이따 봐.

마음이 놓였다. 마침내 집으로 돌아가고 있었다.

데브에게 퇴사를 통보한 실비아는 그걸 다시 이브에게 알릴 생각을 하니 아찔하면서도 겁이 났다.

이브가 어떻게 나올지 모를 일이야. 남은 동안 지옥을 보여주면 어떡하지.

이브가 지지분하게 나오더라도 어른스럽게 처신해.

그런 다음 나한테 전화해서 쓰레기통이다 생각하고 풀어.

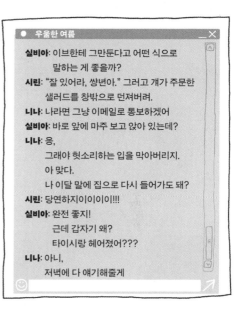

● 우울한 여름

실비아: 이브한테 그만둔다고 어떤 식으로 말하는 게 좋을까?
시린: "잘 있어라, 쌍년아." 그러고 걔가 주문한 샐러드를 창밖으로 던져버려.
니나: 나라면 그냥 이메일로 통보하겠어
실비아: 바로 앞에 마주 보고 앉아 있는데?
니나: 응,
그래야 헛소리하는 입을 막아버리지.
아 맞다.
나 이달 말에 집으로 다시 들어가도 돼?
시린: 당연하지이이이이!!!
실비아: 완전 좋지!
근데 갑자기 왜?
타이시랑 헤어졌어???
니나: 아니,
저녁에 다 얘기해줄게

실비아는 사적인 감정을 자제하며 간단하게 이메일을 썼다.

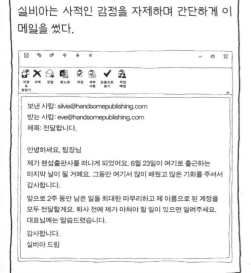

보낸 사람: silvia@handsomepublishing.com
받는 사람: eve@handsomepublishing.com
제목: 전달합니다.

안녕하세요, 팀장님
제가 핸섬출판사를 떠나게 되었어요. 6월 23일이 여기로 출근하는 마지막 날이 될 거예요. 그동안 여기서 많이 배웠고 많은 기회를 주셔서 감사합니다.
앞으로 2주 동안 남은 일들 최대한 마무리하고 제 이름으로 된 계정을 모두 전달할게요. 퇴사 전에 제가 마쳐야 할 일이 있으면 알려주세요.
대표님께는 말씀드렸습니다.
감사합니다.
실비아 드림

실비아는 전송을 눌렀다. 1분 뒤에 이브가 옆으로 의자를 끌고 왔다.

그냥 고개만 돌리면 직접 할 수 있었던 얘기 아니야?

이메일로 얘기하면 기록을 남길 수 있잖아요.

263

대표님께는 정확히 뭐라고 말씀드렸어?

말씀드린 내용이랑 비슷해요.

나 때문에 그만두는 거야?

아뇨, 다른 데로 이직하게 돼서요.

어디로 가는데?

러셀 서배스천 임프린트요.

문학은 아니고, 말해봐야 팀장님은 모르실 거예요.

그러니까 그중에서 어디?

왜 그렇게 숨겨? 그 원고 때문이야? 그 임프린트로 들고 가려고?

아니다 뭐, 그럴 만한 원고가 아닐지도. 저자가 진상인 것 같더라. 우리 오퍼를 두 번이나 거절했어. 조건도 좋았는데!

내가 이래서 노인네들이랑 일하기가 싫어. 자기들 앞에 넙죽 엎드려주길 바라거든.

그분도 팀장님이랑 일하기 싫을 거예요.

후임을 당장 뽑아야겠네. 『가토』 출간 기념회가 얼마 남지도 않았는데.

왜 하필 이 시점에 나간다는 건지, 휴.

당신같이 아무 생각 없는
백인 여자랑
더는 일하기 싫으니까 그렇죠.

실비아는 이 말을 내뱉자마자 도로 주워 담고 싶었지만 한편으로는 안도감이 밀려드는 걸 느꼈다. 그해 여름 제 발로 병원에서 퇴원했을 때와 비슷한 기분이었다.

이브가 이렇게 아무 말도 하지 못했을 때는 트위터에서 록산 게이에게 차단당했을 때뿐이었다.

미숙하고 부적절했지만 한번 터뜨리고 나니 속이 후련했다.

이브는 말없이 실비아를 노려보았다. 데브에게 분노의 메일을 보내는 상상을 하고 있는 게 틀림없었다.

그래. 알려줘서 정말 고맙다.

두 사람은 각자의 자리로 돌아갔고 그날 일이 끝날 때까지 말을 섞지 않았다.

마케팅: 가토

- 출간 기념회(로스앤젤레스, 뉴욕)
- Poets & Writers 소개
- 테리 그로스 라디오???

시린과 일했던 동료 어시들은 다른 출판사에 취직했고, 이번 일을 계기로 대학원에 지원하거나 뉴욕을 떠나기도 했다.

이 우울하고 비싼 도시를 떠나게 된 걸 축하하며, 짠!

그럼 난 이 건배는 못 해. 나는 리어카 밀면서 돌진하는 호호 할머니가 될 때까지 여기서 살 작정이거든.

그들은 날마다 어디로 옮기게 됐는지 서로에게 알렸고, 이 회사에서 해방되는 걸 자축하려고 거의 매일 저녁 모여서 술을 마셨다.

니나가 날마다 새롭게 뜬 구인 정보를 보내주었지만(시린이 진정하라고 할 때까지 한 시간에 몇 개씩 보냈다) 시린은 어떤 출판사에도 서류를 보내지 않았다. 대신 이수가 추천해준 서점 면접을 가볍게 통과하고, 실비아가 베이비시터로 일했던 집의 가족들을 만났다. 두 개의 일자리를 확보해 놓았으니 식당에서 일하는 시간을 좀 더 늘리면 퇴사 후 몇 달 동안은 방값 걱정은 하지 않아도 됐다.

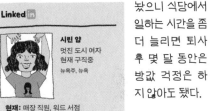

Linked in

시린 얌
멋진 도시 여자
현재 구직중
뉴욕주, 뉴욕

현재: 매장 직원, 워드 서점
베이비시터, 비니거 힐
브런치 걸, 비빙카

이전: 편집 어시스턴트,
마셀랭대학교 출판부

쓰리잡이 이상적인 건 아니었지만 매일 지쳐 쓰러질지언정 날마다 겪게 될 다양한 일이 기다려지는 마음도 있었다.

퇴사를 기다리는 동안 저녁에는 바깥 음식을 들고 베로니카를 찾아가 같이 책을 읽었다.

『테스』만큼 화가 났던 작품도 없어요. 누가 봐도 확실한 악당은 알렉이지만 그 책을 주먹으로 내리치고 싶게 만든 건 가증스러운 에인절 클레어였어요.

아, 빅토리아시대의 비호감을 모아놓은 명예의 전당이 있다면 『안나 카레리나』의 브론스키와 『마담 보바리』의 모든 남자가 나란히 상석을 차지하고 있을 거예요.

267

집으로 너무나 돌아가고 싶어 하는 베로니카를 보고 니나는 제니를 설득했다. 의사와 면담 끝에 베로니카가 퇴소해도 될 만큼 회복했다는 답을 받았다.

돌아가면 재출간 계약금으로 간호사를 정기적으로 부를까 싶어요. 인정하기 싫지만 도움이 필요할 것 같네요.

저도 있잖아요, 선생님. 저 아무 데도 안 가요.

고마워요. 든든하네요.

솔직히 말씀드릴 게 있는데 저 사실 선생님 집에서 하룻밤 잔 적 있어요.

회사에서 잘린 날에요. 아무도 만나고 싶지 않았거든요.

내가 열쇠를 줬잖아요. 언제든 환영이라니까.

그날 드디어 그 사진 봤어요. 선생님이 책에서 말씀하신 거요. 그걸 보고 어느 정도 진정이 됐던 것 같아요. 장엄하던데요.

나 그 사진 정말 좋아해요. 그렇게 커다란 자기 사진을 보며 매일 눈을 뜨고 감는다니 자기애가 과하다고 할 수도 있겠지만.

에이, 전혀요. 저도 그런 사진 있으면 대문짝만하게 걸어놓을 것 같아요.

"힘들게 입수했죠. 작가가 그 사진을 찍고 얼마 안 있어서 죽었거든요. 몇 년 뒤 그의 소장품에 있던 내 사진을 돈 주고 사야 했어요. 책이 잘 안 돼서 대필 작가로 연명하던 시절이었는데."

"그 사진을 다시 보니까 갑자기 기운이 나더군요. 내가 어떤 사람이 되고 싶었는지 떠올랐어요."

마셀랭에서 보낸 마지막 며칠은 빠르게 지나갔다. 저자들에게 이메일을 보내 담당자 변경을 알리고 소호에서 좋아했던 식당들을 마지막으로 한 바퀴 돌다가 선셋마트에서 라면을 앞에 두고 눈물을 흘리고 말았다.

…두부 코너에서 울기도 했고…

여기에 얽힌 좋은 추억도 많은데…

사무실에서 입던 카디건을 챙기고 자리를 정리했다. 상상했던 퇴사 장면처럼 드라마틱하진 않았지만 작별을 고하니 후련했다.

#자리에서 눈물의 샐러드를 먹은 횟수: 121

#점심 대신 스타벅스 케이크로 때운 횟수: 21

BARC

#니트로 콜드브루를 마신 횟수: 45

집단 학살이 끝난 뒤에도 엘렌이 감감무소식이라 시린은 살짝 상처를 받았다. 그에게선 꼬박 일주일이 지난 다음에야 연락이 왔다.

달링, 너무 늦게 연락해서 미안해. 난 정말 겁쟁이야.

아니에요, 바쁘신 거 알아요.

회사에서 인원을 줄인다는 소문을 듣긴 했지만 어시들을 내보낸다니 충격이었어. 알았더라면 자기한테 미리 얘기했을 텐데. 이렇게 완벽한 후배가 어디 있다고.

감사해요. 편집자님도 멋진 선배예요.

다른 데 자리 알아봤어? 갈 데는 정해놨고?

내가 여기서 알아봐줄 수도 있는데.

여기라면, 프랑스요?

269

생각해봐, 달링.

하지만 일찍 알려줘. 빨리 알아보면 더 근사한 데 연결해줄 수 있거든.

"bien súr(물론이지). 파리 지사가 바쁜 만큼 더 체계적이야. 대표 눈에 보이니까 지원도 더 많이 해주고. 영국이나 미국 상대하는 저작권 팀에서 일하면 아주 잘 할 것 같은데. 저작권팀장 셀린이랑 내가 별장을 공유하는 사이거든."

셀린이 어떻게 생겼는지 알 길이 없지만 '팀장'과 '별장'이라는 단어를 들었을 때 시린이 상상한 모습은 이랬다.

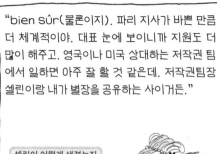

시린은 아무 말도 하지 않았다. 우울했던 여행의 기억이 떠오르긴 해도 구미가 당기는 제안이었다.

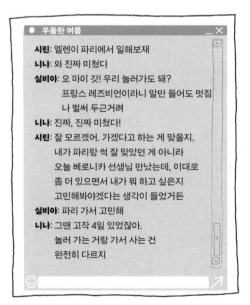

● 우울한 여름

시린: 엘렌이 파리에서 일해보재
니나: 와 진짜 미쳤다
실비아: 오 마이 갓! 우리 놀러가도 돼?
　　　　프랑스 레즈비언이라니 말만 들어도 멋짐
　　　　나 벌써 두근거려
니나: 진짜, 진짜 미쳤다!
시린: 잘 모르겠어. 가겠다고 하는 게 맞을지.
　　　　내가 파리랑 썩 잘 맞았던 게 아니라
　　　　오늘 베로니카 선생님 만났는데, 이대로
　　　　좀 더 있으면서 내가 뭘 하고 싶은지
　　　　고민해봐야겠다는 생각이 들었거든
실비아: 파리 가서 고민해
니나: 그땐 고작 4일이었잖아.
　　　　놀러 가는 거랑 가서 사는 건
　　　　완전히 다르지

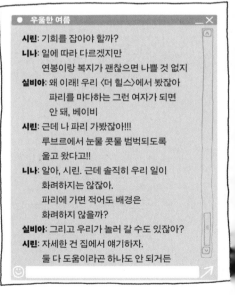

● 우울한 여름

시린: 기회를 잡아야 할까?
니나: 일에 따라 다르겠지만
　　　　연봉이랑 복지가 괜찮으면 나쁠 것 없지
실비아: 왜 이래! 우리 〈더 힐스〉에서 봤잖아
　　　　파리를 마다하는 그런 여자가 되면
　　　　안 돼, 베이비
시린: 근데 나 파리 가봤잖아!!!
　　　　루브르에서 눈물 콧물 범벅이도록
　　　　울고 왔다고!!
니나: 알아, 시린. 근데 솔직히 우리 일이
　　　　화려하지는 않잖아.
　　　　파리에 가면 적어도 배경은
　　　　화려하지 않을까?
실비아: 그리고 우리가 놀러 갈 수도 있잖아?
시린: 자세한 건 집에서 얘기하자.
　　　　둘 다 도움이라곤 하나도 안 되거든

실비아가 럭스미스북스로 출근한 지 3일째가 되었다. 새 상사 모니카는 따뜻하고 함께 일하기 편한 사람이었다. 요리책 홍보의 세계는 여전히 오리무중이었지만 그래도 놀러 온 저자나 유명한 케이터링 전문가가 간식을 주고 갈 때가 많았다.

이 푸드 스타일리스트는 천재다. 곰팡이 핀 치즈도 렘브란트의 작품으로 둔갑시킬 수 있겠어.

와, 고다치즈가 이렇게… 예쁠 줄 몰랐어요.

회사 테스트 키친에서 만든 쿠키에요. 해초 쿠키인데 맛이 기가 막혀요.

나도 실비아한테 줄 게 있는데.

릴라가 보낸 편지예요. 내가 전화 통화 싫어하는 거 알고 편지로 보내주기로 했거든요. 구석기 스타일인 건 알지만 노인네들은 어쩔 수가 없어서.

편지를 읽는 동안 실비아의 표정이 당황과 놀람과 환희를 거쳐 불안으로 바뀌어갔다.

왜?

뭔데?

말을 해.

말을 해, 이것아!

선생님이 내 원고를 릴라에게 보여줬는데 마음에 든대! 퇴고를 마치면 한 번 더 보고 싶대. 내 원고에 관심을 보이고 있어.

내가 실비아 글 칭찬을 엄청 했거든요. 솔직하게 의견을 달라고 했더니 몇 군데 제대로 지적하긴 했지만 아주 진지하게 관심을 보였어요.

계속 손을 봐야 한다는 것 같아. 얼마나 걸릴지는 아무도 모르고.

몇 달이 될 수도 몇 년이 될 수도 있겠지. 다닐 만한 데로 회사를 옮겨서 다행이다.

내가 대신 눈치 줄게. 니나가 고맙다는 말을 듣고 싶대, 속닥속닥….

고마워, 니나. 선생님은 말할 것도 없고요. 선생님 같은 분이 이렇게 하찮은 저에게 관심을 주시다니 아직도 믿기지가 않아요.

겸손도 독이에요. 실비아는 좋은 작가고 계속 노력하면 돼요. 그걸 대단찮게 생각하지만 말아요. 나서서 재능을 알아줄 사람을 92살까지 기다리고 있지도 말고.

이번 재출간 논의가 없었더라도 선생님은 여전히 레전드 중의 레전드였을 거예요.

희소식이 들리는 와중에도 시린은 쏟아지는 잠을 참느라 애를 먹었다. 아침 일찍 피오나 응우옌과 긴급 통화를 했기 때문인데, 지금으로서는 파리가 알맞은 선택지가 아니라는 데 두 사람 모두 동의했다.

알아요, 모든 걸 던지고 파리로 간다는 건 말도 안 되죠. 친구들도 보고 싶고 엄마도 보고 싶을 거예요.

아시잖아요, 저는 제 모든 판단을 백 퍼센트 확신해요….

이미 결정을 내린 모양이네요.

엘렌에게 전화로 사양의 뜻을 전했지만 못미더워하는 듯했다.

1년 뒤에 다시 연락 줘.

망설이는 걸 보니까 미련이 남은 것 같은데.

시린은 물리치료를 도와주러 갈 때마다 베로니카에게 프랑스어를 배우기로 했다. 프랑스어를 할 줄 알면 이력서에 적기 좋을 것 같아서였다.

너 오늘 피곤해 보인다.

서점에서 낭독회 행사가 있어서 소리 지르는 애들이랑 베이비시터들 상대하느라 진 뺐어.

그래도 2만 보 넘게 걸었어. 종일 사무실에 앉아 있던 거에 비하면 장족의 발전이지.

"게다가 오늘 레이철 쿠시너 신작 사러 누가 왔는지 알아? 전설의 사기꾼, 매기 리어슨!"

안녕하세요오오, 혹시 와이파이 비번 알 수 있을까요오?

이 서점을 인스타에 올리고 싶어요. 제 계정 팔로워가 꽤 있어서 반응 괜찮을 거예요.

에, 죽었다고 뻥친 그 매기 리어슨??

그래 걔. 업계를 교란할 스타트업으로 출판계 복귀를 노리는 것 같던데.

나중에 고맙다고 인사해야겠네. 그 사기극 덕분에 내가 승진할 수 있었잖아.

그리고 오늘 선물 교환의 날이니까. 선생님, 제가 중고 서점에서 뭘 찾았는지 아세요?

폭동

베로니카 보

초판이에요! 심지어 선생님의 사인까지 있어요.

시린은 맨 앞장에 적힌 문구를
펼쳐 보였다.

폭동
─────
베로니카 보

피터에게,
나를 알아봐줘서 고마워요.
─ 베로니카 보

고마워요.

이 책에 사인했던 거
기억나요.

이렇게 내 손에 돌아오다니.

세 친구는 청소를 하고 집에 돌아온 베로니카가
짐 푸는 것을 도왔다. 인사를 마치고 가려는데,
모두의 시선이 베로니카의 사진으로 쏠렸다.

클리오에 이 사진의
존재를 알려주세요.
재출간하는 작품의
저자 사진으로
쓸 수 있게요.

그럴까 고민했지만 니나가
편집할 내 자서전을 위해서
아껴두려고요. 앞날개에
쓰기엔 너무 아깝잖아요.

따뜻하게 맞아줘서 언제나 고마워요.
이웃과 알고 지낸 적은 평생 처음인데,
정말이지 인생의 축복이네요.

선생님이 에이미 탄 급은
되어야 한다고 계속 말하는
저희를 견뎌주셔서 감사한걸요.

그 정도 견디는 거야
약과죠.

내가 좀 더 젊었을 때 세 친구를 만났더라면 얼마나 좋았을까.

맙소사, 상상이 돼? 그랬으면 나 조앤 디디온 파티에서 발광할 수 있는 건데.

안녕히 주무세요!

세 친구는 3층으로 올라갔지만 각자 방으로 들어가긴 싫어서 주방에서 뭉그적거렸다.

내일 약속 유효한 거지? 타이시가 닭꼬치 들고 오겠다고 해서.

아, 한 명 더 초대해도 될까?

당연하지. 누구?

이수.

이수?

그 유령.

어째 흥미진진하게 발전 중인데?

응? 내가 모르는 뭔가가 있어?

둘이 사귀잖아.

아니거든. 이수는 남자 친구 있어. 우리는 그냥 얘기 나누면서….

…진지한 얘기 말이지?

아무튼 너희 둘 다 자리 좀 잡으면 다 같이 어디 다녀오자.

비싼 덴 못 가.

너 레즈비언 아닌 거 확실해?

북부 시골 어때? 사과 따기 체험.

이번에는 어른스러운 여행 다녀오자. 품격 있게.

품격이라면… 〈디스코의 마지막 날〉 같이 볼 때 먹다 남은 말리부 찾았는데 그거 어때?

아, 기운이 하나도 없어. 내일 차이나타운 가서 같이 마사지 받을 사람? 남자한테 팔꿈치로 등을 부숴달라고 할래.

아니야, 아니야. 차라리 아주머니 붙여달라고 해. 너 신경 안 쓰고 등에 제대로 화풀이해줄 거야.

그런 아주머니가 우리 미래 아닐까?

느릿느릿 걸어다니며 어린애들 혼을 쏙 빼놓는 아주머니 세 명.

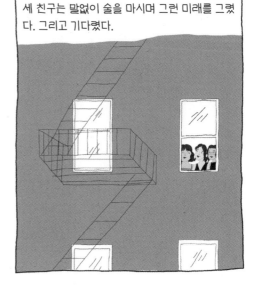

세 친구는 말없이 술을 마시며 그런 미래를 그렸다. 그리고 기다렸다.

지은이 케이트 가비노 Kate Gavino

케이트 가비노는 『간밤의 독서Last Night's Reading』와 그래픽 노블 『삼백안Sanpaku』의 저자
겸 일러스트레이터다. 《뉴요커》《빌리버》《롱리즈》, 오프라닷컴을 비롯해 여러 매체에 작
품이 소개됐다. 천국에서 온 편집자였던 적도 있고 지옥에서 온 편집자였던 적도 있다.

옮긴이 이은선

연세대학교에서 중어중문학을 공부하고, 같은 학교 국제대학원에서 동아시아 학과를 졸업
했다. 출판사 편집자, 저작권 담당자를 거쳐 전문 번역가로 활동 중이다. 옮긴 책으로 매들
린 밀러의 『키르케』, 요 네스뵈의 『맥베스』, 스티븐 킹의 『페어리 테일』, 마거릿 애트우드
의 『도둑 신부』, 프레드릭 배크만의 『베어타운』 등이 있다.

아래층에 부커상 수상자가 산다

펴낸날 초판 1쇄 2024년 9월 12일

지은이 케이트 가비노

옮긴이 이은선

펴낸이 이주애, 홍영완

편집장 최혜리

편집2팀 이정미, 박효주, 홍은비

편집 양혜영, 한수정, 김하영, 강민우, 김혜원, 이소연

디자인 박소현, 김주연, 기조숙, 윤소정, 박정원

마케팅 정혜인, 김태윤, 김민준

홍보 김준영, 백지혜

해외기획 정미현

경영지원 박소현

펴낸곳 (주)윌북 **출판등록** 제2006-000017호

주소 10881 경기도 파주시 광인사길 217

홈페이지 willbookspub.com **전화** 031-955-3777 **팩스** 031-955-3778

블로그 blog.naver.com/willbooks **포스트** post.naver.com/willbooks

트위터 @onwillbooks **인스타그램** @willbooks_pub

ISBN 979-11-5581-760-5 (03800)